# ❰1❱
# [GRU] AEROPORTO INTERNACIONAL DE GUARULHOS, BRASIL

*Temperatura: 18 °C. Altitude: 750 metros.*
*Gravidade: 1 G.*

"Voltar ao Brasil é sempre ruim", pensava a jovem ruiva de cabelo anelado, metida numa blusinha laranja e em botas de couro preto para lá de poído. "Ainda mais depois desse tempo vivendo em um país de verdade. Nunca mais vou me adaptar aqui. Só brasileiro mesmo para aguentar o Brasil".

Sim, meio nojentinha desse jeito. Em sua defesa, vale dizer que anos depois ela odiaria quem ela era nessa época e que a situação da qual saíra no Brasil era particularmente

desagradável; mas naquele tempo era isso mesmo: uma nojentinha. Todos temos uma versão nossa do passado que ativa o sensor de vergonha embutido no coração, não? Ao mesmo tempo, vale dizer, ela vivera de fato um tempo excepcional em Nova York; daqueles de mudar a forma de ver o mundo. Por favor, um desconto para Maria Fernanda. Seu senso de moda era quase sempre apropriado, de vez em quando discreto. Sua beleza era comum e corriqueira, mas seu jeito, sua personalidade e postura transmitiam a impressão de alguém que acabara de sair de um banho relaxante. Não importava quando você a encontrasse, parecia que ela tinha acabado de se secar e estava fresquinha e limpíssima.

Sempre levava consigo um odor refrescante. Era dessas pessoas cujo perfume parece agarrar-se a ela como uma lua, atraído pela gravidade de sua pele. A cada ano mudava de perfume. Era uma tradição que iniciara

aos 15 anos. Na virada do ano, estreava um novo aroma. Sempre no ano-novo, mas não somente nele. Abria exceção para quando passava por alguma mudança importante em sua vida, como fora a ida para o intercâmbio no exterior. Acostumara-se a timbrar suas memórias olfativamente. O perfume de seu semestre em NY, *Jungle L 'Elephant*, by Kenzo, foi importante e marcou uma fase de grande crescimento. Logo seria hora de achar um novo perfume marcando seu regresso desanimado ao Brasil e à mesmice de Campinas. Na fila do controle de passaporte, sentia raiva de ter nascido no Brasil e sonhava com poder morar legalmente no exterior. Depois de terminar a faculdade de Administração na Pontifícia Universidade Católica (PUC) de Campinas, juntara dinheiro para esse sonho antigo do intercâmbio. Estava feliz com o tempo que tivera, mas seu coração estava mesmo era focado na tristeza de ter de voltar.

Enquanto isso, o rapaz barbudo de camiseta esportiva dri-fit (pois muito confortável) e tênis Adidas refletia sobre como seu país era o melhor do mundo, apesar de tudo. Regressava de Paris, onde fora visitar seu irmão, que fazia doutorado em Química. Estava voltando para a sua amada Brasília. O irmão era genial e mexia com coisas difíceis de entender — e ainda mais complicadas de explicar. Ficou hospedado perto de La Sorbonne, em Rive Gauche, e de lá aprendeu toda a rede de metrô parisiense, revirando cada canto da Cidade Luz ao longo de um mês de cultura, vinho e reflexões. Acabara a faculdade de Contabilidade e estava procurando novos rumos. Voltou ao Brasil animado, com sonhos de trabalho e construção de sua vida adulta. Um senso de possibilidades unido ao frio na barriga do incerto.

Os dois estavam próximos na fila do controle de passaporte da Polícia Federal. Quatro

voos chegaram do exterior quase na mesma hora; a fila da imigração estava imensa, o aeroporto, em reforma e tudo, meio improvisado. A vazão de passageiros? Irritante.

O rapaz estava relativamente bem descansado do voo da Air France; era daqueles tipos invejáveis que dormiam com facilidade em qualquer voo. Logo se interessou pela ruiva à sua frente. Não primeiramente pela beleza, embora fosse bela. O que primeiro chamou sua atenção foi notar que ela lia um livro de Frederick Forsyth, seu autor favorito com seus clássicos thrillers de espionagem. Pensou em puxar papo, mas era muito tímido para essas coisas. Já namorou mais a sério, mas não tinha facilidade para iniciar assunto com mulheres. Ficava terrivelmente intimidado. Todos os relacionamentos que tivera até então foram meio que arrumados por amigos. A ruivinha, entretanto, parecia valer o esforço.

Tentou juntar coragem duas vezes, chegou a puxar o ar para falar do Forsyth, mas desistiu. Se a fila fosse mais rápida, já teria passado a oportunidade e o sofrimento que vem com uma oportunidade que permanece diante de nós. Mas a fila demorava e ele se sentia mal de não tentar algo. Ver o amor de seu irmão pela esposa naqueles dias em Paris criou nele o anseio por ter alguém também. Estava com um gosto dormido na boca e arrependido de não ter comprado chiclete no aeroporto. O gosto servia como mais um impeditivo para puxar papo. Não queria causar uma má impressão aromática. Foi quando ela derrubou o passaporte e ele viu uma oportunidade que não podia perder.

A moça estava tentando equilibrar celular, livro do Forsyth, óculos e passaporte, e acabou por derrubar tudo. Caído o passaporte, o rapaz deu o bote sem pensar. Tem coisas que a gente só faz se for assim, sem

pensar. Abaixou-se, alcançando o documento através do cordão que separava as filas, e o pegou com uma agilidade impressionante para seus 100 quilos. Bote dado! Mas não um bote de jararaca experiente, e sim de leãozinho aprendiz. Calculou mal o movimento e, ao retornar, bateu o topo da cabeça numa quina de um totem sinalizador. Sim, naquele ponto mais dolorido do cocuruto. Doeu muito, de ficar zonzo. Foi se apoiar e derrubou o postezinho que faz a separação da fila. Chamou – é claro que chamou – a atenção de toda a sala. Olhar feio dos funcionários, algumas risadas e duas ou três ofertas sinceras de ajuda. Felizmente a ruiva também tentou ajudar. Doía, sim, mas a vergonha doía mais que a pancada. Aquela ardida pontuda no couro cabeludo e a certeza de que deveria estar sangrando se juntavam à ardência do embaraço. Ele sempre odiara ser o centro das atenções. Sempre

que ficava em evidência, sentia o desejo de desaparecer, como um camaleão se moldando à paisagem. Quando passava por uma situação dessas, fatalmente se lembrava com rancor de uma ocasião no primário em que sua professora o obrigou a experimentar algumas frutas na frente dos colegas e ele ficou nauseado, para a diversão generalizada da criançada. E lá estava ele de novo, dor misturada com vergonha e tontura. A moça o segurou pelo braço, preocupada:

"Você precisa se sentar? Está bem? Vou dar um jeito de falar com alguém para que você passe na frente da fila, pois deve precisar de médico." A perspectiva de mais atenção pública o apavorou:

"Não, não precisa. Estou bem. Desculpe ter feito essa confusão toda."

Ela pegou as coisas dela, conversaram um pouco sobre as respectivas viagens e ele mencionou o fato de ela estar lendo Forsyth.

"Que bom que você gosta! Eu estou achando muito confuso. Foi um amigo que me deu de presente e me sinto obrigada a ler. Confesso que é mais pela obrigação mesmo... São muitos personagens e a história ainda não me prendeu."

Ele secou como a grama de sua Brasília em setembro. Mais vergonha. Já estava bem arrependido de haver puxado assunto. Um pouco decepcionado também – afinal, quem não gosta de Forsyth? Basta ler com atenção, que não fica nada confuso. E, sim, tem muitos personagens, mas a história é sempre bem construída e tudo fica amarradinho. Ele quis encerrar a conversa, mas ao mesmo tempo não queria perder a oportunidade, já que o papo começara. Prosseguiu:

"Desculpe, nessa confusão toda eu esqueci de perguntar seu nome. Confesso que eu ia dar um jeito de espiar no seu passaporte."

Sinceridade como forma de desarmar. Ele adorava essa tática.

Ela semissorriu sem jeito. Tirou uma mecha de cabelo oleoso do rosto.

"Grata pela sinceridade! Maria Fernanda", disse, estendendo a mão.

"Lancelote, ao seu dispor, assim que eu me recuperar dessa lesão potencialmente letal."

Ela riu. E a risada dela era dessas que toma conta de mais do que apenas a própria pessoa. É como se tivesse um pequeno campo eletromagnético que afeta o que está à sua volta. O coração de Lancelote estremeceu.

"Esse é mesmo seu nome?"

Ele sabia que ela ia perguntar isso.

"Sim, meu irmão gêmeo nasceu primeiro e ficou com *Arthur*."

A risada virou gargalhada, e o jeito como seu corpo frágil sacudia enquanto levava uma mão à boca pareceu-lhe um

desses momentos que compensa semanas inteiras de melancolia.

"Tem irmã também? Vai dizer que é Morgana?"

Ele amou o fato de ela conhecer algo da velha lenda bretã.

"Tenho irmã, sim! A Guinevere. A gente chama de Guina."

Passaram pelo controle de passaporte e o agente da Federal fez uma piada infame com o nome dele. Nada que Lancelote já não ouvira antes. Entraram na área de bagagem. Ele a ajudou a tirar uma mala enorme laranja. Naquele tempo, a gravidade ainda não havia começado a variar, e as pessoas se propunham a carregar pesos sem muita consciência de quão relativo aquele tipo de esforço viria a ser.

Uma das malas dela se extraviou. Ele a ajudou a preencher os formulários da companhia aérea, pois ela estava sem óculos.

Notou como a mala dela estava cheia de fitinhas coloridas. "Para facilitar na hora de achar. Tem muito caso de mala extraviar por conta de as pessoas pegarem errado." Ele achou engraçado ela pensar que uma mala laranja precisaria de algo mais para ser identificada.

Seguiram com a bagagem para a região do freeshop. Com a demora por conta da papelada do extravio, o local já dera uma boa esvaziada. Ele estava sem dinheiro algum e seu cartão tinha chegado ao limite por conta dos passeios franceses. Ela não sabia bem o que era isso de limite, tendo vivido meio que sem a vida toda.

Passaram pelos cosméticos; ele, num impulso, pediu para que ela o ajudasse a escolher um creme para sua falecida mãe. Claro que ele não disse nada acerca do falecimento; apenas pediu ajuda. Foi o melhor que ele conseguiu pensar na hora – não o

julgue muito duramente; o rapaz fica nervoso conversando com mulheres. Ela ajudou. Lancôme. Perceberam que as risadas vinham facilmente. Ele pôs o creme caro numa cestinha e ficou imaginando como faria para pagar. Andaram pela seção de eletrônicos. Conversaram sobre suas cidades. Ela gostava de como Campinas combina muitas facilidades e benesses de São Paulo com uma dosagem bem menor da confusão. Ele amava como Brasília parece sempre aberta para você, sempre uma cidade capaz de dar vislumbres do céu e vistas amplas. Ela comprou muito chocolate. Muito chocolate mesmo. Ele aproveitou que a fila bifurcou e, no caixa, disse que mudara de ideia e não levaria o creme.

A passagem pela alfândega transcorreu sem problemas, embora o agente tenha olhado demasiadamente para Fernanda de uma maneira que confirmou, para Lancelote, o

seu interesse. O papinho furado do funcionário fez brotar, no garoto, ciúmes por uma jovem que ele mal conhecera.

Eles ainda tinham algum tempo antes de seguir seus rumos. Saíram no desembarque internacional e acharam um café para um *espresso* com pão de queijo. Ele criticava a cultura culinária dos Estados Unidos.

"Sinto falta demais dessas coisinhas brasileiras. Esse esquema meio padaria. Poder sentar e tomar um café com um salgado como esse, simples e perfeito. Lá nos Estados Unidos em geral as cafeterias vendem coisas doces. Muffins e tal. Só americano para gostar dessas coisas."

Ela, por sua vez, adorava esse tipo de diferença. Respondeu meio sem graça:

"Eu também gosto da comidinha brasileira, mas fico bem, mesmo sem ela. Acho que meu gosto se adapta com mais facilidade. Porém, tem uma coisa que senti falta

desesperadamente: pão de queijo com leite condensado."

"Sério?", ele perguntou com um sorriso gostoso.

"A melhor combinação do mundo. Serve para deixar calma a pessoa agitada e para agitar quem está muito parado."

Fora um enrosco ou outro na conversa, em particular ao falarem de política, riram bastante e perceberam que tinham muito em comum. Ela via nele alguém que não parecia ameaçador. Seu último namorado brasileiro foi do tipo controlador e de uma intensidade sufocante. Ele se sentia enfeitiçado pela voz dela. Seria ela sua Morgana? Até as opiniões medíocres que ela expressava lhe pareciam interessantes, pois ela o interessava.

Precisavam ir cada um para seu lado. Ela tinha de ir até a rodoviária de Guarulhos esperar a hora de seu ônibus para Campinas.

Sentia muita saudade de Manhattan, mas o clima de familiaridade estava se assentando em seu coração. Ele correu para o embarque doméstico, para sua conexão rumo a Brasília. Tinha demorado mais do que podia, mas estava muito boa a conversa. Em um arroubo de coragem mais comum a cavaleiros da távola redonda do que a ele, pediu:

"Me passa seu contato? Vamos continuar essa conversa sobre essa história do seu carro novo."

Ela relutou, mas acabou passando o número. Vai que sai algo disso? Iria muito devagar com essa amizade. Ela já fora das pessoas que pensam "não tenho nada a perder". Isso mudou em Nova York. Envolveu-se num relacionamento muito danoso. Um desses que supostamente não teria nada a perder. Mas tinha. Perdeu tempo. Perdeu fôlego. Perdeu alegria. E ganhou tristezas. Ganhou lembranças dolorosas. Ganhou experiência para

ser bem mais cuidadosa em entregar seu coração. E seguiram. Um pensando no outro e o outro pensando no um.

Lancelote não saberia explicar a razão; por vezes há coisas que sabemos, e nem sabemos explicar como sabemos. Sabia que, se essa moça entrasse em contato, ele estaria indefeso. Alegremente indefeso. Tinha defesas, sim. Fruto de experiências amargas e embaraçosas. Mas mal a conhecia e já sabia que a menininha ruiva teria um acesso aberto a seu coração quando ela quisesse. Algo no olhar dela, ligado a como ela se interessava por coisas pequenas que ele disse, passando por algo que ele nem sabia definir. Como se fossem elementos que se detectam com um sentido que nem sabíamos ter. Qual é o sentido que fareja a sintonia entre corações? Qual o sentido que saboreia a alegria de alguém que te enxerga de fato? Qual é a maneira de ouvir o som do amor nascendo?

Maria Fernanda decidiu que ia esperar para ver se ele tomaria a iniciativa do contato. Levou apenas uma hora. Ela gostou de ele perguntar se estava sendo tranquila a viagem de ônibus, bem como de sugerir um lanche do Frango Assado, caso parassem nele. Ela se lembrou de que uma tia estava morando em Brasília e sempre a convidava para conhecer a capital federal. Quem sabe não programava uma visita?

Existe amor de aeroporto?

## ‹ 2 ›
# (REC) AEROPORTO INTERNACIONAL GILBERTO FREYRE EM RECIFE/GUARARAPES, BRASIL

*Cerca de oito meses após os eventos de GRU.*
*Temperatura: 29 °C. Nível do mar. Gravidade: 1 G.*

"As comparsas." Era como gostavam de chamar o grupo de amigas. Todas na fase pós-faculdade-início-de-vida-profissional. Fase cheia de ansiedade, alegria e senso de um baita peso de que agora a vida é pra valer. Nenhuma delas muito comprometida com coisa alguma. Tentavam fazer ao menos uma viagem juntas por ano, tradição que remontava à época de Unicamp.

Naqueles dias de final de primavera, a gravidade do planeta não tinha começado a variar e as pessoas viviam numa ilusão de estabilidade. Recife ainda era a capital de Pernambuco e as recebia com um calor surpreendentemente seco.

Bolaram a viagem de última hora; a grana não era tão farta para todas, então, em geral, limitavam-se a dois ou três dias em algum lugar ensolarado do Brasil. A escolha da vez fora Porto de Galinhas, em Pernambuco. Maria Fernanda, Adélia, Joaninha e Patrícia tinham se divertido mais do que deveriam e menos do que esperavam. A quinta comparsa, a infame Verônica Lara, não pôde ir por conta de uma audiência de custódia. A história sobre tal audiência é longa, bem tediosa, quase sobrenatural, e não contribui praticamente em nada para o evento aqui relatado. Um dia desses, se nos recuperarmos, a gente fala disso.

Era uma espécie de despedida de solteira de Joaninha; as meninas buscavam, nessa viagem, replicar algo da camaradagem e leveza que existira na amizade do grupo durante anos, mas que começara a se perder. Um certo gosto de fim de festa misturado ao anseio de esticá-la até não poder mais. Todas sabiam que logo chegaria ao fim essa fase das viagens de galera.

Juntaram milhas, parcelaram o hotel no cartão, usaram pontos de hospedagem, cobraram favores e conseguiram os recursos para a "garimpada" — era como jocosamente se referiam às suas viagens de mineração de sonhos e prazer. Decidiram por um hotel acima do que podiam de fato pagar em Porto de Galinhas, a uma hora do aeroporto de Recife. Duas por quarto; não que tenham passado muito tempo neles.

Por mais que Mafer (apelido favorito de Maria Fernanda) desfrutasse da companhia

das comparsas, seu coração estava longe. Ela gostava das meninas e gostava de quem era ela quando estava com o grupo, mas parecia que isso agora era secundário. Verdade. Em muitos momentos não se reconhecia mais na pessoa que fora quando costumavam sair antes de sua ida para os Estados Unidos. Sentia que elas insistiam em seguir agarradas aos últimos fiapos de imaturidade, e isso a irritava um pouco. Essa não era, porém, a principal razão de seu senso de deslocamento do grupo. Seu coração estava gravitando em torno de um astro inesperado.

Quando passamos a amar uma canção, parece que ela começa a aparecer em todo lugar. Quando nos interessamos por comprar certo automóvel, parece que ele pulula em toda parte. Será que de repente a canção ou o carro começaram a aparecer com maior frequência? Pode ser, mas o fator principal é que o coração está agora atento de uma forma

nova. Fomos cativados pela canção ou pelo objeto, nossos olhos formam imagens e nossos narizes registram aromas que abraçam o afeto na memória. Era assim. Mafer via, ouvia e cheirava Lancelote em toda parte.

Quando pegou emprestado o filtro solar de Joaninha na praia de Muro Alto, ela voltou mentalmente ao dia ensolarado em que passearam por horas de bicicleta no parque do Taquaral, em Campinas. Quando as meninas quiseram ir a um forró, lembrou-se de como ele odiava forró e de um longo discurso hilariamente indignado que fez sobre isso um dia ao saírem do Teatro Nacional em Brasília. No forró, ela nem quis dançar com ninguém, mesmo com suas pernas pedindo. Viu alguém com uma tatuagem de tubarão muito parecida com a dele, notando que a dele parecia bem mais ameaçadora. Quando o papo das comparsas virava para lembrar das velhas histórias de namorados, ela viu

que nem a memória deles a empolgava. Os tempos felizes que tivera se faziam ínfimos em comparação à promessa do que ela teria.

Depois de dias de muito sol e mar, camarão e cerveja, estavam no aeroporto de Recife esperando o voo para Viracopos. Mafer e Adel foram a um quiosque comprar bolo de rolo. Eram muitas as opções. Adel, filha de pernambucanos, insistia que apenas o de goiabada era o real bolo de rolo.

"Mafer, compra bolo de verdade. Vai levar para sua mãe algo assim corrompido?"

Mafer entendia o argumento, mas não estava tão preocupada com a nomenclatura.

"Adel, larga de coisa. É de novo a discussão sobre a moqueca. Que importa qual nome está mais correto? No caso, eu nem gosto de goiabada."

"Nem fala isso que eu tenho ranço de quem não gosta de goiabada. Você ficou americanizada demais."

O que Mafer desejava era simplesmente comer aquele bolo com recheio de leite Ninho ou o de doce de leite, seja qual for o nome. Sem discussões ideológicas. Fizeram diversas provinhas e acabam por comprar meio quilo de delícias composto por cada uma das opções do quiosque.

Mafer estava com uma revista de aviação que comprou na ida e sequer abriu. Aviação foi uma paixão passada de pai para filha. Seu pai era *spotter*; foram inúmeras vezes à cabeceira da pista do aeroporto de Guarulhos passar os melhores sábados de sua vida. A revista discutia as últimas novidades na aviação civil e ela estava particularmente interessada numa análise do novo Airbus. Claramente não seria naquele momento que conseguiria ler. Se houvesse um mundo em que Mafer se tornasse uma supervilã, provavelmente a história de origem envolveria sua revolta com um mundo

que insiste em atrapalhar sua leitura. Adel queria papo. E logo sobre um assunto que Mafer queria evitar — e ao mesmo tempo queria falar com alguém. Com Joaninha não seria, pois esta só pensava nela mesma. Patrícia era boa amiga, mas não tinham a mesma liberdade. Ficou ansiosa quando Adel finalmente soltou:

"Mafer, desculpa dizer assim, mas você estava meio longe da gente nesses dias. Não estou falando de ter saído logo do luau – eu mesma estava exausta do dia. Mais que isso. Você não largou o celular, não deu atenção para aqueles goianos. Olha, não sei, não, mas você parece é estar meio interessada em alguém. Conta."

"Ah, pronto... Tem isso sim, Adel. Não queria falar muito porque é a viagem da Joaninha e você sabe como nossa insetinha gosta de ser o centro das atenções. Mas tem um rapaz de Brasília com quem tenho

conversado muito. Nos conhecemos no aeroporto quando eu voltei de Nova York. Temos falado de tudo que é coisa. Somos muito parecidos. Eu já estava meio conformada a nunca achar alguém assim. Sou muito maniada, como diz minha mãe. E ele acha fofas até minhas manias mais chatinhas."

"E aquilo que você faz com os salgadinhos antes de comer? Isso ele já viu? Pois, se viu e não saiu correndo...", Adel retrucou, gargalhando.

"Já sim...", Mafer respondeu sorrindo e lembrando de um episódio envolvendo uma coxinha de catupiry, um sachê de mostarda e um enroladinho de salsicha que se tornou lendário na sua escola de ensino médio.

A conversa seguiu, Adel aprendeu muitos detalhes e sorriu pela alegria da amiga. Diferente de Joaninha, ela conseguia se alegrar de verdade com a alegria das outras. Mafer gostou de contar, mas estava agoniada de von-

tade de falar com Lancelote. Agora que Adel sabia, ficou mais fácil. Ela estava, entretanto, sem bateria no telefone. Na noite anterior houve algum problema com o carregador e ela amanheceu com apenas 7% de carga, que acabou de vez na estrada para Recife.

Sentaram-se na sala de espera num cantinho onde conseguiram uma tomada para carregar o celular. Depois de alguns segundos, o aparelho finalmente acordou. Abriu o telefone e seu coração sorriu com a notificação de mensagem.

[Já está no aeroporto? Saudades de falar contigo.]

[Oi, Lance! Desculpe o sumiço. Alguma coisa aconteceu com meu carregador ontem, e no carro foi a maior disputa pra usar o carregador. Mas agora estou aqui. O voo sai em uma hora.]

[Eu estava preocupado mesmo!

Que bom que chegaram bem. Faz tempo
que estão no aero?]

[Chegamos há pouco. Deu um probleminha
na hora de entregar o carro. Queriam
cobrar por um trincado no vidro. Ficamos
um tempão para resolver na locadora.]

Ela sentia que, pela primeira vez, um homem de fato se interessava por ela, e não apenas pela ideia de estar com ela. Mafer sempre foi uma das jovens mais bonitas de toda classe em que esteve, e estar com ela garantia, para o felizardo, status entre os rapazes. Não foram poucos os que a paqueraram muito mais para poder dizer que a beijaram do que de fato por gostarem dela. Lancelote, não. Ele genuinamente se importava com os pequenos dramas que ela vivia. Ele buscava saber sobre suas dores passadas, sobre suas manias e chaturas. Ele não se afastava ao conhecê-la mais e mais. Sa-

bia como ela ficava nervosa com pequenos problemas, como o engasgo na questão da devolução do carro.

[Eita! E aí? Resolveu? Queria estar
junto para ajudar.]

[Resolvemos. A Adel fez uma baita
confusão, falou em processo, bateu no
balcão, teimou que já estava assim antes.
Fiquei irritada, pois insisti para pagarmos
o seguro, mas ninguém quis. A Adel achou
uma foto que tiramos quando pegamos o
carro e ficou ampliando para mostrar que
já estava trincado. Acabamos saindo. Que
vergonha, mas que bom.]

[Acho que eu ia gostar de conhecer a Adel].

[Não sei. É um pouco demais, sabe? Ela
fez barraco acerca de duas contas de
restaurante, discutiu com o vendedor de
canga, com o vendedor de queijo, com uma
família que ela acusou de roubar nosso

guarda-sol... Ela sabe ser um doce, mas de
vez em quando é exaustiva.]

Eles tinham conversado enquanto ela
estava em Porto, mas bem menos do que
estavam acostumados. Ela não tinha ainda
contado quase nada para as meninas acerca
dele e todas tinham um pacto tácito de dei-
xarem o que não estava ali longe dali. Mandou notícias e algumas fotos, mas o ciclo
incessante de papo foi interrompido naquelas 72 horas. Ela estava com tanta saudade
quanto ele, embora não quisesse demons-
trar. Ficou esperando-o falar novamente.
Checando a cada minuto se tinha mensagem. Ao receber, percebeu que conseguia
ler os pensamentos dele, e sorriu.

[E como foi lá em Porto?
Tudo bem mesmo?]

[Eu sei o que você está querendo saber.

Não teve nada disso que você está
com medo de ter tido. Fica tranquilo.
Já disse que temos compromisso.]

[Obrigado por cuidar de mim e saber
como me acalmar. Te amo.]

O que ela não ia lhe dizer é que, embora de fato nada tivesse acontecido, não foi por falta de oportunidade nem de insistência de um rapaz. Do tipo que até dois ou três anos atrás teria com certa facilidade vencido qualquer resistência dela. Do tipo que nos tempos de Nova York a teria levado, repetidamente, à encrenca. Costumava ser impossível resistir. Mas não dessa vez. Lancelote existia como uma parte latejante de seu coraçãozinho, até mais do que ela imaginava. Aliás, foi precisamente negar uma oportunidade romântica parecida com aquela em que todas as amigas embarcaram lá em Porto que a deixou consciente da for-

ça do afeto que já vivia em seu peito. Ela era capaz de articular para si mesma as várias razões pelas quais se apegava a Lancelote, mas percebeu naquela noite, segurando a segunda caipirinha num luau, ao dizer um firme e decidido "não" a um goiano, que seu coração tinha um amor que ela não sabia articular em palavras. Apenas a impulsionava com a força de sua existência e a movia de maneiras que só ficavam claras no pretérito. Não era um sacrifício se refrear – na verdade, era um deleite que misturava o alívio de não precisar seguir velhos impulsos e a sensação alegre de que ela estava em uma trajetória interessante e promissora. Paradas não programadas não lhe interessavam mais nem um pouco. E isso a surpreendia.

Joaninha e Patrícia voltaram do banheiro rindo descontroladamente. Traziam consigo um brinquedo artesanal barulhento cujo som parecia uma gargalhada de bode.

Joaninha simplesmente não conseguia resistir a uma feirinha ou a *souvenirs*. Chegando a Porto de Galinhas, ela comprou diversas camisetas, atacou-as com uma tesoura emprestada da recepção do hotel e cortou fazendo blusinhas sensuais. Patrícia também comprava muita coisa desnecessária, como mais ímãs de geladeira do que cabia na porta da sua. O tal brinquedo, entretanto, fora um presentinho.

"Olha o que a Patrícia ganhou de um fã!"

Patrícia ria envergonhada. Um turista alemão tentara puxar papo e a presenteou com um tal badulaque de girar. Ainda ofereceu para ela ir visitar a Alemanha com tudo pago. Claro, Patrícia sabe bem que não existe almoço grátis. Declinou polidamente.

O grupo estava rindo e postando fotos nas redes sociais. Mafer viu uma postagem de Joaninha: todas elas numa casa noturna dançando. A legenda: "Apenas o início da

farra". Verdade, haviam dançado um pouco, mas aquilo ali fora tanto o início como o fim. Não tinha acontecido nada, mas ela sabia que Lancelote não ia gostar se visse isso; daria uma ideia errada. Ficou um tanto chocada de ver que se importava com o coração dele, com o sentimento dele. Não queria magoá-lo. Tinha muito tempo que ela não sentia esse tipo de anseio por cuidar do coração de um homem. Pensou em pedir para Joaninha retirar a postagem, mas achou melhor não. Foi a uma lanchonete na sala de embarque comprar uma bebida. No caminho, foi falando com ele novamente:

[Eu comprei uma coisinha pra você. Quando você for a Campinas, eu te entrego.]

[É de comer ou de passar no cabelo?]

[Besta. Um enfeitezinho para o seu escritório.

Não espera muito não, viu?
Não quero você decepcionado.]

[O que vier de você pra mim já
me alegra e já está bom, querida.
Você pra mim é *Ferpeita*.]

Ela ainda sorria largamente toda vez que ele utilizava esse apelidinho. Mafer pediu uma água com gás. A senhora entregou uma sem. Ao pedir para trocar, algo se conectou em sua mente e o presente foi ligado a uma lembrança ruim, de um dia num bar em Campinas, quando seu então namorado fez um escarcéu por causa de um drinque que chegou errado. Lembrou até do cheiro do cigarro da mesa ao lado. Naquela ocasião, ela soube por certo que precisava largar aquele homem. Não pelo evento em si, mas pelos padrões de exigência e intolerância que estavam por trás de seu comportamento com todos. A vida vinha estranha sempre. Ao

mesmo tempo, lembranças ruins e anseios gostosos. Um presente composto do que foi e do que poderá ser.

A viagem das comparsas havia sido boa, sim. Embora não visse a hora de acabar, Mafer tinha consciência do valor que as meninas tinham em sua trajetória. Parecia ainda mais claro, todavia, que havia alguém na capital federal que a interessava mais do que jamais as farrinhas com as amigas seriam capazes de interessar.

Ela tinha uma imagem mental que se tornara um tesouro. Via Lancelote de perfil, o Sol estava baixo. Ele a levara para ver o pôr do sol em Brasília, segundo ele o mais belo do Sistema Solar. Dizia que somente em Saturno, com seus anéis, poderia haver um pôr do sol mais bonito. Estavam junto à Ponte JK, estacionados ao lado de muitos outros veículos em local proibido. O final do dia estava de fato esplêndido. Misturas im-

prováveis de cores e formatos que o sol produzia em sua despedida sobre o Lago Paranoá e no horizonte esplendoroso. Ele corria os olhos da paisagem para ela, levemente comovido. O momento que adornava seu coração era o seguinte: Lancelote olhando de lado para ver se ela estava achando bonito. Ela, contudo, não olhava a paisagem; preferia olhar para ele e admirar o brilho ingênuo e melancólico em seu olhar. Ele a pegou nesse momento e a expressão dele foi, em um segundo, da confusão para a vergonha e depois para o deleite. Percebeu que, para seu coração apaixonado, observá-la vendo a paisagem estava mais interessante do que ver a própria paisagem. O momento em que ele compreendeu isso se mostrou claramente em seus olhos e no meio sorriso tímido e triunfante que surgiu. Essa imagem adornava o coração de Mafer e lhe parecia uma baita impressão do que é a boa vida.

Algo forte o suficiente para a fazer querer se prender e se limitar — a fim de achar liberdade nas profundezas daquele homem. Chega de dar bolo. Chega de rolo. Contatinhos, *no more*. É hora de coisa séria.

# ⟨3⟩
# [POA] AEROPORTO INTERNACIONAL SALGADO FILHO, PORTO ALEGRE, BRASIL

*Cerca de 1 mês após a viagem de Mafer a Porto de Galinhas. Temperatura: 15 °C. Altitude: 3 m. Dia em que a gravidade pela primeira vez variou.*

Era a primeira vez que Lancelote viajava pela empresa. E, olha, ele se sentia bastante adulto com isso. Não estava sozinho; junto ia um colega irlandês que viera ao Brasil trabalhar na sucursal da Williamson & Stevens Accounting. Um senhor ruivo semibiruta que bebia demais até mesmo para o padrão irlandês. Era dessas pessoas de idade indecifrável – poderia ter qualquer coisa entre 35 e 55 anos.

Quando perguntado sobre sua idade, respondia algo enigmático como "Eu já vi três guerras mundiais", ou "Leprechauns nunca contam a idade", ou soltava um número que claramente era falso, como 18 ou 77. Eoin era um gênio em seu trabalho e o único colega da firma que até então não fizera nenhuma brincadeira sobre távolas redondas ou cálices sagrados com o nome de Lancelote.

Lancelote sentia-se crescido, responsável. Em poucos meses de emprego já recebera uma promoção e tinha cada vez mais atribuições. Estava feliz com a iniciativa privada, apesar da insistência familiar em procurar um emprego público. "Brasília é concurso!" Bem, não. Brasília é muita coisa. Estava orgulhoso de si mesmo e feliz com a forma como seu pai aprovava esse avanço profissional. Aquela viagem a Porto Alegre era parte das tratativas para abrirem uma filial no Rio Grande do Sul e a partir de lá, futuramente, em Montevidéu

e Buenos Aires. Ele era o número dois na liderança desse projeto, assessorando o irlandês. Amou poder ficar hospedado em um hotel da moda e comer fora, algo que não era muito comum em sua vida cotidiana.

A empolgação com o trabalho, porém, era ínfima em comparação com o que ele esperava que fosse ocorrer dali a algumas poucas horas. Depois de dois dias de reunião e pouquíssimo tempo para turismo, estava voltando a Brasília. O voo logo cedo iria até Viracopos em Campinas, de onde pegaria outro voo para casa. E ele teria algumas horas de espera. Cinco horas durante as quais poderia rever Maria Fernanda e colocar seu plano em ação.

O namoro estava sério, mas não era fácil se relacionar à distância. "Apaixonado" é uma palavra forte, e era adequada à situação. Eles se falavam cada vez mais; ativamente especulavam sobre como seria a vida juntos. Ele pensava nela o tempo todo.

Não houvera tempo de conhecer Porto Alegre. A única janelinha de oportunidade foi perder seu horário do almoço para uma corrida ao Mercado Público, pois queria comprar um café especial para Mafer. Ele estava tentando criar nela o gosto por grãos diversos e mais leves. Ela era mais da linha "verdadeiro café é café forte". Conseguiu, na correria, encontrar um grão com uma torra média e bem doce. Tinha certeza de que ela ia adorar. Infelizmente o pacote de café ficou no hotel, na correria da saída para o aeroporto. Esperava que a camareira o apreciasse.

Ele aguardava em frente ao portão 8. Estava diante de uma família com duas meninas. A mais nova, com um dente de cima mole, só tinha esse assunto. Ficava empurrando o dente para frente e para trás. A mãe falava em tentar arrancar e o pai insistia que ela parasse, agoniado que estava com aquilo. E o dente ia e voltava. Dominava a mente e a

ação da pequena. Era assim com ele. Com a língua da mente, ficava o tempo todo cutucando a lembrança da Mafer. Pensava nas suas brincadeiras, repassava mentalmente algumas conversas gostosas. Se alegrava em pensar na visita que fez a Campinas pouco após o retorno dela de Pernambuco. E estava louco para cumprir seu plano de se ajoelhar diante dela com um anel em pleno saguão do aeroporto VCP. Como haviam se conhecido em um aeroporto, achava que seria significativo fazer o pedido dessa forma. Em sua mente, fantasiava uma multidão de passageiros, comissários (quem sabe um ou dois pilotos) aplaudindo e torcendo por eles. Seria um pouco cedo para isso? Talvez. Mas o coração queria e pesava.

Ainda faltava uma hora para o voo quando o placar eletrônico indicou que haveria atraso de trinta minutos, com novo horário a confirmar. Lancelote ficou irritado,

pois seu tempo em Campinas estava sendo reduzido.

Eoin, o colega irlandês, estava mancando quando voltou do banheiro. Lancelote não se lembrava de nenhum incidente com o colega.

"O que aconteceu contigo?", perguntou mais curioso do que preocupado.

"Foi um passo de dança que deu errado."

Pelo que Lancelote sabia, não houvera nenhuma ocasião para dança naqueles dias. Eoin era assim. Misterioso e cheio de histórias não confirmadas. Ele ia perguntar mais sobre essa tal dança quando um lamento coletivo tomou o saguão. Mãos na cabeça, um ou dois tapas em mesas, olhares irritados, reclamações. Checou o placar eletrônico: todos os voos que estavam confirmados haviam mudado de status para "atrasados". Nenhuma explicação. Estava cedo, sim, mas o clima estava bom. Não fazia muito sentido

o clima ter fechado o aeroporto naquele momento. Em vinte minutos todos os voos mudariam de status novamente, dessa vez para cancelados.

A razão dos atrasos e do posterior cancelamento de muitos voos naquele dia foi um fenômeno global que até hoje não se esclareceu por completo. Ninguém sabe exatamente como começou. Mas o fato é que, naquela sexta-feira, por volta de 8 horas da manhã (no horário padrão brasileiro), a gravidade terrestre foi levemente alterada – não de forma homogênea. Em algumas partes do globo, a variação foi maior. E não somente naquele dia: a gravidade passou a sofrer leves variações diárias no planeta inteiro.

Algumas pessoas disseram ter começado a sentir maior cansaço que o normal desde cedinho naquele dia. Lancelote não sentiu nada, mas Eoin, que julgava ter um tipo especial de sensibilidade celta às mudanças

do planeta, jurava ter percebido que algo já estava gravitacionalmente errado desde a semana anterior (não estava).

Muitos relataram sentir que objetos de uso cotidiano estavam estranhamente pesados. Era, entretanto, daquelas coisas que inicialmente você atribui a uma mera sensação passageira. É claro, há sempre também o elemento psicológico de achar que sentimos algo só por sabermos que deveríamos ter sentido. Essa variação gravitacional não foi uma simples ocasião fora da curva; acabou sendo algo mais duradouro.

O fato é que foi daquelas situações em que primeiro você acha que é coisa da sua cabeça (muitas coisas estranhas são mesmo só da sua cabeça), mas logo o noticiário começou a relatar um monte de coisas estranhas, com instrumentos científicos registrando que coisas inusitadas estavam acontecendo no planeta. Aviões decolando naquele dia

sofreram com os cálculos de combustível descalibrados. A Agência Nacional de Aviação Civil (Anac) achou por bem suspender os voos até que tudo se esclarecesse. Observatórios e sismógrafos registraram pequenas mudanças que sugeriram algo bastante absurdo: a força da gravidade estava variando, estando um pouquinho maior do que o normal. Aquele dia passou a ser popularmente chamado de *Graviday*.

Claro que todo mundo pirou. A gravidade oscilando? As pessoas estão acostumadas ao fato de que condições climáticas mudam. Um dia está quente de rachar, o outro está fresquinho; um dia faz vento e nubla tudo, no outro o Sol vem com força. Até a ideia da mudança da umidade do ar é algo que a gente conhece bem. Mas a força da gravidade variar?

Foi um consórcio de universidades (Sydney, Bologna, Universidade da Pensilvânia e

MIT) que, com a NASA e a Agência Aeroespacial Chinesa, chegou a uma avaliação definitiva sobre o que estava acontecendo. Embora a causa do fenômeno não fosse ainda entendida, o que se passava era claro: a gravidade terrestre estava variando diariamente. Não era uma variação gigantesca. As implicações disso para a Teoria da Relatividade eram importantes. Algo precisaria ser revisto, o duro era descobrir exatamente o quê.

Veja, não é que de repente a Terra passou a ser como a Lua. Nada tão dramático assim. Não era como se da noite para o dia as coisas começassem a flutuar e você tivesse que acorrentar seu carro ao poste para ele não decolar. Seria engraçado, mas não era nada tão radical. Variações bem pequenas. Em alguns dias, imperceptíveis. Em outros, maior. Você sentia isso principalmente ao fazer algo como subir escadas ou tentar carregar sacolas de compras.

Como acontece com essas situações, a humanidade passou por um ciclo. Primeiro todo mundo apavorou. Será coisa dos soviéticos? Ainda existem soviéticos? Será trama dos Illuminati? Civilização alienígena?

Foram cerca de oito anos em que o planeta experimentou diariamente um pouco de variação na força da gravidade. Começou sem nenhum aviso e assim também acabou, em 6 de março de 2024, dia que ficou conhecido no calendário global como dia do 1G, quando meio que do nada a gravidade se estabilizou. Vai acontecer de novo? Não sabemos, Deus o sabe.

Ao longo daqueles anos, a humanidade se adaptou surpreendentemente bem à nova realidade. Estavam todos tão acostumados ao padrão fixo da gravidade, que inicialmente foi algo devastador perceber como o mundo é menos estável do que pensamos. Foi um grande baque psicológico

coletivo. Com o tempo, adaptaram-se. Nos adaptamos a quase todo tipo de coisa, não? Passou a ser corriqueiro começar o dia lendo informações como:

*Previsão para esta quinta-feira, 9 de agosto. Temperatura máxima de 25 graus Celsius, mínima de 15. Possibilidades de chuva no período da tarde. Umidade do ar em 60%. Gravidade mínima em 1.0052 G e máxima de 1.0056 G.*

Crianças nascidas naquela época cresceram acostumadas com o fato de que em alguns dias era um pouco mais fácil apostar corrida do que em outros; em algumas festinhas a cama elástica os lançava um pouco mais alto do que em outras. Normal. Não foi sempre assim? Quando a gente chega ao mundo, assumimos que aquilo que encontramos é mais ou menos como sempre foi.

Foram necessárias muitas adaptações no cotidiano humano. Esportes mudaram. Nas provas de atletismo, por exemplo, assim como

há variações de vento que invalidam novos recordes, certa margem de variação gravitacional foi definida para estabelecer a validade ou não do recorde. No futebol, a Jabulani voltou aos *trending topics* e ganhou uma versão 2.0. A navegação foi afetada, com maiores variações de marés e outras complicações náuticas. A aviação precisou mudar suas margens de cálculos e localização. No ensino de Física, as coisas ficaram um pouco mais complexas, pois a força que costumava funcionar como constante agora não era mais. Cidades à beira-mar tiveram variações mais complexas em suas marés. Diversos processos industriais precisaram ser adaptados, com maquinário sendo recalibrado de acordo com a variação gravitacional.

Depois de alguns anos, embora ainda não fosse algo totalmente normalizado, já era uma situação acerca da qual não se pensa o tempo todo. "Hoje está um pouco

mais cansativo andar e carregar os móveis da mudança? Tudo bem, ao menos não está chovendo. Melhor mais gravidade no seco do que menos na chuva." E assim por diante. Acabou se tornando mais um fator nas possibilidades cotidianas.

Claro, naquele primeiro dia ninguém entendia a extensão do que se passava. Após uma leve variação matinal que levou ao cancelamento dos voos, a gravidade normalizou na hora do almoço. Pressões comerciais, populares e governamentais fizeram com que depois de algumas horas os voos fossem novamente liberados. No final da tarde houve nova variação gravitacional, bem mais intensa, que acabou por prejudicar diversas leituras necessárias para um voo seguro e alguns acidentes letais aconteceram. O mais sério deles foi um voo de Vitória a Brasília, no qual faleceram 45 pessoas entre passageiros e tripulantes. Lan-

celote perdeu um amigo naquele voo, que, assim como ele, estava prestes a pedir a namorada em casamento. O acidente o faz pensar na fragilidade da vida. Poderia ter sido com ele. Como seria com Mafer se ele tivesse morrido? Aconteceria como foi com seu amigo Júlio, que morreu no acidente e cuja namorada em poucos meses acabou se envolvendo e se casando com outro? Odiava a mera ideia de Mafer em outros braços, mas não conseguia impedir a imaginação de pintar cenários.

Com toda aquela confusão, Eoin e Lancelote tiveram o itinerário trocado e não passaram por Viracopos, mas por Congonhas. Depois do embarque em Porto Alegre, ainda tiveram de se sentar no assento do meio, cada um numa fileira. Lancelote estava decepcionado; seu humor, baixando a níveis alarmantes. Eoin havia bebido espetacularmente ao longo do dia, mas não

dava nenhum sinal de alteração. O irlandês já conversava animado com um casal e os fazia gargalhar antes mesmo de o avião fechar as portas. Lancelote estava apenas querendo ficar quieto, mas o estrangeiro se virava o tempo todo pedindo para que ele confirmasse a veracidade das histórias que contava aos novos amigos. Com a cara fechada, tentava se comunicar com Mafer, mas o sinal de seu telefone estava péssimo também. Vendo sua frustração, Eoin lhe disse (em irlandês mesmo): *Tá gáire maith agus codladh fada an dá leigheas is fearr.*

"Como é, Eoin?" "Um dito irlandês. Uma boa risada e uma boa soneca são os dois melhores remédios. O dia foi longo. A gente chega hoje e sai para comer e rir. Você vai ver como vai melhorar."

Chegaram a Brasília no final da tarde. Lancelote ficou frustrado por seus planos interrompidos e recusou o convite para ir

a um pub com Eoin. Só queria chegar em casa e focar em ficar triste. De noite, com as notícias chegando de diversos acidentes aéreos pelo mundo afora, em vista daquela tragédia toda, até mesmo o tão antecipado pedido de casamento ficou em segundo plano em seu coração. A decepção era grande. O que ele não sabia é que, no coração de Mafer, o alívio era maior que a decepção. Ela já vinha farejando que talvez surgisse um pedido de casamento e estava convicta de que iria negar. Não é que não gostasse dele, mas a pressa dele não era a dela. Sua convicção era variável, e não fixa, como ele pensava. Ela estava gravitando, sim, em torno dele, mas ainda não estava pronta para um pouso definitivo.

## ‹ 4 ›
# (SCL) AEROPORTO PUDAHUEL (ARTURO MERINO BEN TEZ), SANTIAGO, CHILE

*Onze meses após o Graviday. Temperatura: 16 °C.*
*Altitude: 474 metros. Gravidade: 1.009 G.*

Foram duas semanas de sonhos realizados na Nova Zelândia. Alguns inclusive que eles não sabiam de antemão que eram sonhos; desses anseios intangíveis e indefinidos que se materializam vividamente diante de uma situação ímpar. O casal viveu dias daquele tipo que anos depois as pessoas não têm plena certeza de terem de fato acontecido. Dirigiram, sim, na mão inglesa de Auckland, na ilha do norte, até Invercargill, na ponta da ilha do sul, com

todas as paradas obrigatórias e mesmo algumas opcionais no caminho. Era sem dúvidas o país mais belo que já tinham visitado – e olha que eles conheciam a Noruega, havendo ido de Oslo até Lofoten, no verão do Hemisfério Norte. Ele estava superbem na empresa, ganhando muito e gastando pouco. Além disso, Mafer era especialista em descobrir ofertas, pacotes, pechinchas e todo tipo de dica para viajar barato. Conseguiam fazer viagens incomparáveis com uma fração do que as pessoas costumavam pagar.

Lancelote e Fernanda estavam envolvidos há quase dois anos, e essa fora a segunda viagem longa que fizeram. Não dava para saber ao certo. Era um casal desses em que ninguém apostava muito no início do relacionamento, como o casal da canção *You never can tell* (Chuck Berry). Essa era, aliás, a música favorita dele para cantar em karaokês, só perdendo para *Livin' on a Prayer*

(Jon Bon Jovi), que ele cantava realmente mal nas partes agudas, embora fosse quase sobrenaturalmente bom na empolgação.

Eles vinham passando por altos e baixos no relacionamento. Depois do dia em que a gravidade mudou, tiveram um tempo de afastamento e posterior reaproximação. Se Lancelote tivesse forçado o pedido de casamento no Graviday, provavelmente teria perdido Mafer para sempre. E assim foi duas ou três vezes. Quem está contando? Ele estava. Ela, não. Eram assim.

Naquela época, ele desistiu de pedi-la em casamento. Logo que voltou a Brasília, só se falava na variação gravitacional e ninguém tinha cabeça para mais nada. Parecia que tudo estava perdido. Talvez a Terra estivesse com os dias contados, ou algo assim. Filmes apocalípticos em todos os canais. Blogueiros, youtubers, cientistas, jornalistas, políticos, pastores, novelistas, jogadores

de futebol e todos os outros grupos imagináveis tinham suas opiniões e teorias, e tudo estava muito confuso. O tempo foi passando e, embora o fenômeno fosse melhor compreendido e análises estatísticas parecessem cada vez mais certeiras em prever as variações, ninguém de fato entendia a razão daquilo. Todas as teorias apresentadas tinham pontos fracos. Compreensivelmente, ninguém estava lá muito preocupado com qualquer outra coisa nas primeiras semanas após o Graviday. Claro, muitos memes apareceram e, sim —como não? —, mulheres que engravidaram por aquele tempo usaram com alegria a expressão "engraviday". Sim, trocadilho ruim.

Maria Fernanda já tinha dúvidas sobre o relacionamento. Tirar o namorado da cabeça por alguns dias a fez de fato repensar se estava indo por um bom rumo. Pediu para diminuírem o ritmo, e Lancelote aceitou.

Decepcionado, mas aceitou. A amizade continuou florescendo. Fizeram uma viagem para a Noruega, realizando o sonho dela de conhecer os fiordes. Seis meses depois foi a vez de visitarem Aotearoa, que é o nome maori para a Nova Zelândia. O afeto e a admiração cresciam a cada dia, dos dois lados, embora do lado dele mais do que do dela. Ele havia levado um anel de ouro consigo na viagem para a Noruega. Quase fez o pedido, em um passeio pelo Geirangerfjord, no crepúsculo. Algo o deteve, e ele mesmo não sabia bem o quê.

Na Nova Zelândia, viram o que há de mais esplendoroso dentre as obras do dedo divino. O relacionamento parecia mais forte do que nunca. Se beijaram diante do Monte Cook. Foi lá, perante aquele inconfundível pico nevado, que ele se ajoelhou e fez o pedido ao qual ela respondeu "sim". Comeram peixe frito na beira do impossivelmente azul lago Pukaki. Visitaram o *set* de filmagem de

Hobbiton, uma das localidades da série de filmes de *O senhor dos Anéis*. Por lá ele comprou uma réplica de espada élfica que daria um baita trabalho levar de volta ao Brasil. Foi a empolgação do momento. Ela ficou chamando-o de "Sir Lancelote", e ele tentou explicar que Rei Arthur não tinha nada a ver com *O senhor dos Anéis*. Ela sabia muito bem, é claro. Só queria mexer com ele.

Ele havia preparado diversas surpresas para Mafer na viagem, além do pedido de casamento. Levou, por exemplo, uma carta de amor por dia, em cada uma delas exaltando a história deles e o amor que os unia. Numa das cartas, descreveu com bom humor e gracejos a história de como se conheceram, contada do ponto de vista fictício de um policial federal no aeroporto em Guarulhos. Em outra cartinha, fez longa reflexão sobre canções e cantores que marcaram a história deles, utilizando letras de músicas

para recontar o seu romance. Em outra carta, brincou com a ideia de a vida deles ser um filme, com seleção de atores para viver seus papéis, trilha sonora e muito mais. Uma surpresa para cada dia da viagem. Desde flores pré-encomendadas pelos lugares que eles iriam passar até shows musicais, teatro, restaurantes e tudo o que ele conseguiu de antemão planejar para que fosse um tempo inigualável.

Na manhã do pedido de casamento, antes de irem de carro até o Monte Cook, ele a surpreendeu em Queenstown. Levou escondido na mala uma mistura para pão de queijo e uma lata de leite condensado. Conseguiu convencer a cozinha do Marriott a preparar os pãezinhos, quando os cozinheiros se divertiram muito fazendo a receita guiados pelo YouTube. No café da manhã, antes de pegar a estrada, ela comeu sua comidinha favorita. Com os corações

cheios, assim como o bolso dele, cheio com uma caixinha de joia, foram ver as montanhas. Quando chegou a hora, o coração dela, adocicado desde cedo, respondeu um "sim" confiante. Esse foi o momento da viagem, é claro, do qual falariam por anos a fio. Houve, contudo, um momento que foi ainda mais marcante. Um momento do qual não ousavam falar, como que por medo de que a magia do que se passou pudesse ser quebrada em caso de voltarem a ele.

Passaram por algo que talvez seja melhor descrito como uma epifania. Ou não. É difícil achar a terminologia correta para algumas coisas. É algo que envolveu um senso de completude de coração. Como se não soubessem que a vida podia ser vista de mais acima do que estavam acostumados. É difícil colocar em palavras o que sentiram no caminho de carro até Milford Sound. Mas tentaremos, é claro.

Foi mais ou menos assim: saindo de Queenstown, pegaram o rumo dos Remarkables, passaram por Te Anau (pausa para muffin e café) e rumaram para a famosa região litorânea onde estão os "sounds", o equivalente neozelandês aos fiordes noruegueses. Ele estava falando sem parar no trajeto, comentando cada maravilha que passava. Até que chegaram ao vale. Nenhum dos dois era muito dado a arroubos místicos. Porém, o que se passou em seus corações naquele momento é difícil de traduzir, mas tão forte, que vale a pena tentar. Era como um eco de um mundo melhor.

Foi depois de passarem pelo Monte Christina, num belo vale. Pararam o Hyundai onde vários outros carros paravam também. Logo chegou um vistoso bando de Kea, o único papagaio alpino do mundo. Os Keas são bravinhos e um tanto malandros, hábeis para roubar comida. Subiram no carro. Fizeram

uma algazarra. Quase morderam o dedinho de Mafer. O ar estava frio, e mesmo assim o Sol fazia arder as bochechas. Uma família coreana tirava fotos no vale, e a menininha da família, não mais que seis anos, cicatriz enorme na sobrancelha, ainda com bandagem, aproximou deles para oferecer um tipo de biscoito. Cabelos longos presos num laço roxo, macacão de bolinhas. Mão suja de terra segurando o biscoito. Um sorriso capaz de produzir energia elétrica para alimentar uma cidade média por semanas. Eles aceitaram, gratos. E a gratidão por aquele momento tomou conta deles de uma forma sorrateira e complexa. Um sentimento de completude do coração combinado a um tipo de alegria tão intensa, que sabemos que não vai durar, pois como poderia algo tão intenso assim durar? E ela se faz ainda mais preciosa por sua efemeridade. Não ousavam falar, mas, ao se olharem, perceberam que os dois sentiam o

mesmo tipo de contentamento de quem percebeu algo novo acerca da vida. É como se as cortinas da realidade tivessem se aberto para eles verem algo mais profundo e elegantemente misterioso. Mais tarde, num passeio de barco por Milford Sound, tocaram no assunto do que sentiram mais cedo. Sorriram. A vida fazia sentido, sim.

Tiveram férias incontestavelmente maravilhosas e voltaram ao Brasil via Santiago. O voo da Latam foi tranquilo e longo. Doze horas sobre o Oceano Pacífico num 787-900. Um deleite de voo, apesar do cansaço. Ele olhava a telinha do mapa o tempo todo, um tanto nervoso com a falta de opções para pouso em caso de emergência. Ela assistia a seriados sem parar. Chegando ao aeroporto de Pudahuel, em Santiago, acabaram se despedindo por ali mesmo. Antes da despedida, sentaram num café na área internacional e comeram um belo *desayuno*.

No café, ela estava quieta. O senso da despedida iminente exacerbava algumas dúvidas que brotavam em seu coração e que ela insistentemente tentava abafar. Ele deu um gole de café, olhou para ela, olhou para o café, olhou de novo para ela e disse:

"Eu te conheço muito bem, muito mesmo. Porém ainda me surpreendo com o quanto você me surpreende. Ainda fico pasmo ao ouvir de outra pessoa sobre algo que você fez e que eu não sabia. É como ser lembrado de repente que você é uma pessoa completa que existe em relação ao mundo e não somente a mim. Eu quero te conhecer cada vez mais." Ela sorriu, um pouco constrangida pelos seus pensamentos secretos.

Lancelote seguiu logo num voo para Buenos Aires, onde teria alguns dias de trabalho. Fernanda ainda estava de férias e voltaria num voo direto para o Galeão, de onde seguiria para Campinas. Ela tinha ainda seis

horas pela frente em Santiago. É sempre uma decisão difícil quando a escala não é longa a ponto de tranquilamente sair do aeroporto, nem curta o suficiente para um pequeno livro e lanche se responsabilizarem por matar o tempo. O aeroporto fica um pouco afastado de Santiago, sem opções de chegar por trem, e o trânsito da cidade não ajuda. É claro, não daria mesmo para fazer grandes passeios, mas ela queria ao menos tentar chegar ao centro de Santiago, ou quem sabe subir no mirante do Costanera Center, edifício mais alto da América do Sul. Mas daria tempo? Tinha pensado nisso no voo da Latam. Sobre tempo. Sobre como certas decisões envolvem menos tempo do que gostaríamos de ter. Pensado sobre os dias mágicos em Auckland, Queenstown, Christchurch, no absurdo que é Milford Sound. Refletiu sobre se ela e Lancelote tinham futuro. Se davam bem, é claro. Algumas irritações, é claro também.

Ela aceitara o pedido de casamento — embora agora estivesse um tanto arrependida. No impulso, disse "sim". E como dizer "não" no meio da viagem? Seria ir do "não" para o aeroporto, a fim de tentar remarcar seu regresso. Ela sentia que ele tinha forçado um pouco a situação, mas ao mesmo tempo, na hora, ela gostou da ideia. Esses pensamentos dominaram sua mente nos últimos dias de viagem e no longo voo sobre o Pacífico. E agora ali estava ela. Com várias horas à toa em Pudahuel.

O aeroporto tinha pé direito baixo, uma sensação de aperto que a agoniava. Bem diferente do terminal de Auckland onde embarcaram. Mal tinham conversado sobre o que ela faria naquelas horas em Santiago. Lancelote era atencioso, sim, mas, quanto a essas coisas, sua atitude era de que ela se virasse. E ela estava meio paralisada. Sair da área de embarque internacional já

implicaria um pouco de chateação. Tinha lido sobre vans que levavam até o centro. Só que as mais baratas eram compartilhadas com outros passageiros e podia levar muito tempo para chegar aonde queria. Havia a opção de um transporte individual, mas era caro e ela não gostava muito da ideia de entrar num carro sozinha. Ouvira falar que os taxistas de Santiago costumam alongar as corridas. Ou seriam os de Buenos Aires? Talvez fossem os dois.

Bem, precisaria estar de volta ao aeroporto umas duas ou três horas antes do voo. O que lhe daria uma hora para chegar à cidade, uma ou duas horas para passear e já voltar. Seria apertado, mas daria. Tinha vontade de subir no belo Cerro San Cristóbal. E o dinheiro? O cartão já estava no limite, depois de tantos gastos na Nova Zelândia. Se ela não tivesse insistido em comprar aquele iPhone em Wellington, talvez o cartão tivesse folga.

Tinha alguns dólares para trocar por pesos chilenos, mas não queria perder dinheiro no câmbio. Afinal, teria de trocar de novo para reais antes de ir embora.

Depois de levar quase meia hora tentando decidir e mudando várias vezes o resultado, resolveu ficar no aeroporto mesmo. Seu gostinho de Santiago seria só o aeroporto, dessa vez. Pôs-se a explorar. Muitas lojinhas ordinárias com camisetas, pequenas estátuas da Ilha de Páscoa e ímãs de geladeira. Nenhuma das lanchonetes a animou. Resolveu ir até as salas VIP para checar quanto custaria o uso por algumas horas. Era mais barato do que ela imaginara, e ela optou pela sala da Latam.

Foram cinco boas horas. Num primeiro momento, exausta da viagem, decidiu bruscamente terminar com Lancelote; concluiu que se precipitou em frente ao Monte Cook e não sabia bem se queria passar a vida com

ele. Almoçou duas vezes, tendo tirado uma soneca entre as refeições. Tomou muito sorvete e mais vinho do que o aconselhável para quem logo iria voar. Ela tinha aprendido a apreciar as uvas Carménère, e as do Chile eram fabulosas. Lancelote deu notícias de Buenos Aires (tudo bem, fora um entrevero com um taxista), e ela ficou olhando o dia passar.

A melhor parte do dia foi relaxando em um sofá de frente para a pista, de onde viu inúmeros aviões subirem e imaginou se cada aeronave levava mais passageiros tristes ou alegres. A gravidade no Chile estava praticamente normal. Tinha medo do que essas variações poderiam causar num país tão instável em quesitos sísmicos. Brincou mentalmente com cenários de catástrofes e se entreteu com a ideia de quantas despedidas e quantos reencontros estavam na ponta de cada pouso e decolagem.

Pensou novamente sobre o "sim" que dissera. Tomou outra ducha e, enquanto escrevia com o dedo o nome de Lancelote na condensação sobre o granito da parede do banheiro, decidiu que ia manter o seu sim. E fez isso se lembrando da viagem.

Lembrou-se de uma situação que se passou em Queenstown. Foi logo no dia seguinte à epifania no vale indo para Milford Sound, depois de um dia inteiro dedicado a dirigir até Glenorch, uma cidadezinha próxima. Na ida eles se estranharam. Ela queria parar em cada um dos mirantes da estrada e fazer demoradas fotos. Ele queria chegar logo, pois ansiava visitar um trecho de floresta em que foi filmado *O senhor dos Anéis*, logo no início da Routburne, umas das mais famosas trilhas do mundo. O dia foi frustrante para ambos. Ela não conseguiu as fotos que sonhava, pois andava fazendo calor para a época, e a neve dos picos estava reduzida. O céu nublado não

dava à água a coloração que ele esperava. Ele, depois de muito brigar com ela pelo caminho, chegou até a tal floresta, mas o acesso estava fechado por causa de um deslizamento. Voltaram os dois um tanto frustrados e de cara amarrada.

No caminho, ele lembrou de uma história engraçada envolvendo panqueca, vergonha, ovos, um espirro desastrado e bacon. Ela riu e respondeu com uma piada sobre como, quando estava bravo, ele franzia a testa como um pug. Ao chegarem de volta a Queenstown, comeram um hambúrguer de frente para o lago Wakatipu e se beijaram, com ela aninhada em seu abraço. A real medida da magia entre um homem e uma mulher não se afere nos dias em que as coisas estão maravilhosas, os humores estão cintilantes e as condições de temperatura, gravidade e pressão estão ideais. Esses dias mostram muito, sim. Passeios inesquecíveis

nos quais tudo anda bem podem solidificar, temperar e alimentar uma relação. Porém a real medida do amor se vê melhor em um dia em que há frustrações e desentendimentos, e mesmo uma medida de decepção. Quando um plano feito com expectativa não anda lá muito bem. Quando os humores estão meio murchos. E mesmo assim, ainda assim, há carinho, há palavras de respeito e admiração, há compreensão e cuidado mútuo. Logo surgem risadas inesperadas, pequenos toques indicativos de apreço, e o ar, mesmo carregado, assemelha-se mais a uma neblina que os raios do amor vão dissipando do que à fumaça da poluição de um relacionamento sem amor.

O tempo na Nova Zelândia foi assim. Um tempo bom que se tornou melhor por conta de um estar com o outro. Ela conseguia imaginar a vida com ele. Quando tentava pensar nos motivos e racionalizar a decisão, parecia

haver bons pontos a favor. Mas não era isso que a movia; ela agora percebia com honesta clareza. Ela o amava, o admirava e, com isso, imaginava a vida com ele; isso era tão atraente, que ela se via determinada a seguir nessa trajetória. Sua mãe lhe pediria para dar razões e agir com cuidado. Ela sabia agora que não adiantaria fazer listas de negativos e positivos, não era esse o ponto. Já o amava e estava firmemente no rumo desse amor; ela até conseguia listar razões, mas eram mais para uma inócua satisfação intelectual do que de fato o motivador da decisão.

Lembrou-se do que ele falou quando se ajoelhou na neve diante dela, com anel em punho:

"Te amo. Não tenho muito mais o que dizer. Você é o sol nascente em meu coração. Você traz cores para o dia. Você faz com que os pássaros aqui dentro acordem, cantem, vivam. E você também é o verme-

lho do crepúsculo, que traz a paz de um dia bem-vivido, o alívio suave do frescor da noite. A tranquilidade de que já vem chegando a hora de descansar. Por favor, seja meu próprio lar."

Ela poderia, sim, produzir uma lista de razões para seguir em frente, bem como uma lista de razões para terminar. No entanto, percebeu que essas listas eram tentativas de dar credibilidade para a decisão que ela já havia tomado. Lancelote nunca saberia o quão perto ela ficou de terminar tudo ali mesmo na sala VIP da Latam em Pudahuel. Porém, Mafer percebia que estava determinada a embarcar nesse voo. Seria assim a sensação de decidir se casar? Como estar numa sala especial esperando para embarcar em algo que vai mudar sua vida? Ela sempre prezara pela liberdade, mas curiosamente parecia perceber que haveria um tipo especial de liberdade em

se prender e se limitar. A liberdade para ir mais fundo do que jamais fora. Quando chegou a hora de seu voo para o Galeão, finalmente estava decidida a de fato se casar. Vou casar, sim. "C'est la vie, said the old folks, it goes to show you never can tell."[1] Assim cantou Chuck Berry.

---

[1] *N.E.: numa tradução literal, "É a vida, como diz o pessoal da antiga, serve para mostrar como nunca dá para saber".*

# ‹5›
# (ATL) AEROPORTO HARTSFIELD-JACKSON, ATLANTA, ESTADOS UNIDOS

*Doze meses após a viagem para a Nova Zelândia. Temperatura: 3 °C. Altitude: 313 m. Gravidade: 0.993 G.*

Lancelote e Maria Fernanda estavam exaustos e felizes com a lua de mel. Haviam ido para o Havaí, antigo sonho em comum. Como já conheciam Noruega e Nova Zelândia, imaginavam que fosse das poucas regiões do mundo que ainda poderiam surpreendê-los por sua beleza natural. Como todo mundo sabe, lua de mel é para ser algo de fato especial. Mafer estreou um perfume novo na

noite de núpcias, Miss Dior. Imediatamente se tornou seu favorito da vida todinha. Na manhã seguinte ao casamento numa chácara nas imediações de Valinhos, região de Campinas, foram pegar o voo em GRU.

Um fator que poucos mencionam acerca do Havaí: é muito longe. É quase tão perto do Japão quanto da costa oeste dos Estados Unidos. Para quem vai do Brasil, então, é quase uma odisseia chegar lá. Saindo do Rio, voaram primeiro até Atlanta pela Delta. De lá para Los Angeles (LAX) e finalmente até Honolulu (HNL). Foram dias maravilhosos entre praias, lava escorrendo da terra, ondas gigantescas em Pipeline (só olhando, nada de entrar) e observação de baleias ao longo da costa de Maui. Muitos, muitos drinques. Riram demais das tentativas mútuas de pronunciar *humuhumunukunukuāpua'a*, nome do peixe mais famoso do arquipélago. Andaram na areia à noite, sonharam com

nomes para filhos, conheceram algo da cultura polinésia, foram a um luau, ele fez uma desastrada aula de surf em Waimea.

Diferentemente de muitos turistas, não se ativeram à ilha de Oahu. Depois de cinco dias, foram até Maui. O lema da ilha é Maui nō ka ʻoi (Maui é a melhor). E olha, numa análise parcial, enviesada e correta, é a melhor ilha do arquipélago mesmo. No passeio de barco que fizeram para ver baleias, depararam-se também com uns golfinhos e, entre o cheiro de protetor solar, o remédio para enjoo e as gargalhadas, tiveram o melhor dia da viagem. Não que tenha faltado programação. Em Oahu, onde fica a capital Honolulu, conheceram cada canto da ilha, foram a Pearl Harbor e ela andou para todo lado com seu colar de kukui, uma espécie de castanha negra e grande local que faz belíssimos enfeites.

Foram para a maior das ilhas, apropriadamente apelidada de Big Island. Essa ilha é,

propriamente dita, a chamada de Havaí. Pegaram a estrada para Hana, um dos trechos de estrada mais celebrados pelos aficionados da direção turística. São cerca de 80 km a partir de Kahului. Com muitas curvas e paisagens de contorcer o coração, o caminho passa por 59 pontes e leva quase três horas para percorrer. Ouviram Beatles na ida e na volta. Ainda em Big Island, foram até um local onde estava ocorrendo derramamento de lava. Desde o Graviday, estava mais comum conseguir ver lava por ali. Subiram para contemplar as estrelas de noite no topo do vulcão Mauna Kea, onde, diante da Estrela do Norte, se beijaram soluçando de frio.

O voo de volta, saindo de Honolulu, fora bem turbulento. Ela não se importava muito, mas Lancelote ficou em frangalhos. E agora já estavam há seis horas no aeroporto de Atlanta, sem previsão de saída, por conta do clima. Uma nevasca havia chegado ao sul

dos Estados Unidos. E essa região não lida bem com neve. O voo para o Rio fora cancelado e esperavam tentar entrar em outro voo para São Paulo e, assim, conseguir ir chegando em casa. Ficaram frustrados, pois seus planos de conhecer Atlanta foram por neve abaixo.

A fome apertava e alguns restaurantes estavam ficando com escassez de alimentos, dado o longo tempo de espera por causa do clima. Escolheram o chinês P.F. Chang's, um favorito deles. Era um pouco mais caro do que o orçamento dava conta nesse final de viagem, mas... lua de mel. Porco agridoce para ele. Wraps de alface com frango para ela. Cerveja Newcastle para os dois. Restaurantes e salas de embarque lotadas para todo lado em ATL. Mochilas, malas, crianças, mau humor. Funcionários cansados e neve tomando conta de tudo lá fora. O papo com olhares apaixonados, entretanto, seguia.

"Mafer, me diz, qual sua memória favorita de nossa viagem?"

"São tantas..."

"Escolhe duas ou três então. Depois eu conto as minhas."

"Já sei que a sua foi a peixada havaiana..."

"Não foi, não, mas depois eu conto. Fala logo, Mafer."

Ele sempre fazia dessas. Havia passado um tempão refletindo sobre algum assunto e, depois, antes de dizer o que pensara, de supetão pedia que ela dissesse algo. Isso a irritava. Engoliu a irritação e passou alguns minutos refletindo, enquanto tomava seu chá com cranberry.

Ela amara visitar Pearl Harbor. A história, o senso do peso das tragédias do que se passara ali. Não era a lembrança favorita, porém. Adorara o pôr do sol na praia de Mokuleia, antes de se perderem por Oahu dirigindo na

chuva de noite levemente alcoolizados. Amara ver o filhote e a mãe baleia no passeio de barco. Não foi nenhuma dessas memórias, entretanto, que ela escolheu.

"Está bem, Lance. Duas lembranças que vou entesourar para sempre."

"Deixe-as serem minhas também, miss Dior."

"Sabe quando a gente estava na praia de Kaapanali..."

"Kaanapali."

"Está bem. Kaanapali. Enfim. Naquele segundo dia em que você, teimoso, não passou o filtro solar e, depois, de noite, mal queria que eu tocasse em você?"

"Claro que lembro." Ele estava curiosíssimo. Irritava-o um pouco os muitos preâmbulos que ela fazia para contar suas histórias. "E então?"

"Então, logo depois que aquele pessoal avistou a baleia lá da praia e a gente subiu

na rocha para ver melhor, eu fiquei com sede. Na verdade, nem era tanto sede, era mais vontade de beber. Eu te pedi para ir comprar um Cozumel no bar da piscina. Você ficou zombando de mim, dizendo que a gente não estava no Caribe, que era para pedir um drinque mais apropriado, mas assim mesmo você foi. Só que você não percebeu que passou aquele dia inteirinho cantarolando aquela música do filminho do vulcão, aquele da Pixar. Dos dois vulcões havaianos que se apaixonam. Que toca com ukulele!"

"I lava you"?

"Isso!"

"Sim... eu estava com a música na cabeça desde o embarque em Los Angeles. Mas e então?"

"E então que você foi ao bar e fiquei olhando você interagir com o *barman*. Aquele havaiano enorme parecia o vulcão! E você, sem perceber, ficou cantando cada vez mais

alto. *'I have a dream... I hope will come true... that you are here with me, and I am here with you...'* O barman riu, te entregou os drinques e você virou e me viu. Eu estava rindo, e você ficou me olhando apaixonado e sem entender do que eu estava rindo. Eu estava rindo por você, meu vulcãozinho, estar falando em sonhar que eu estivesse com você. E eu estava. E seu sorriso mostrou um tipo de contentamento, algo satisfeito, algo saciado, que me dizia que nada mais importaria em nossa vida, apenas aquele momento. Que mesmo que aquele fosse nosso último momento feliz, teria valido tudo a pena. E aquele momento seria um tesouro para o meu coração se aquecer nas noites frias que a vida porventura trouxer. Então, esse foi um dos dois momentos favoritos de nossa viagem, meu vulcãozinho."

Lancelote ficou emocionado. Havia parado de comer, enfeitiçado com o que ouvira. Precisou de um gole de cerveja para limpar

a garganta e ter tempo para secar um pouco os olhos.

"Amei ouvir isso, Mafer. A musiquinha é fofa mesmo e aquela parte que fala de anos sem amor transformando a lava em pedra mostra algo importante; era assim que eu me sentia antes de te conhecer."

"Meu príncipe havaiano. Que bom estar aqui contigo. Neste aeroporto enorme e sem sal. Está nevando lá fora, mas estou com meu vulcãozinho que aquece meu peito."

Ele sorriu gostosamente. Logo emendou: "E a segunda lembrança favorita da viagem?"

"Está acontecendo agora. Estar aqui recontando a história de você indo pegar o Cozumel e vendo você se emocionar. Enquanto partilhamos de comida e bebida. Com lágrimas quentes escorrendo de seus olhos clarinhos como se fosse lava. Presos em um aeroporto e livres um no outro."

## ‹ 6 ›
## [DOH] HAMAD INTERNATIONAL AIRPORT, DOHA, QATAR

*Três anos depois de Atlanta. Temperatura: 45 °C.*
*Altitude: 11 m. Gravidade: 1.0086 G.*

Comemoração do aniversário de três anos de casamento. Lancelote e Maria Fernanda a caminho do Oriente. Eles planejaram uma viagem de turismo religioso para Nepal, Butão e Tailândia. Sentiam que algo lhes faltava. Queriam aprender da sabedoria antiga dessas culturas milenares.

Desde que a gravidade começou a variar, espalhou-se pela humanidade, ao menos no Ocidente, uma crescente desconfiança quanto à ciência. Não tanto quanto à sua capacidade

para resolver problemas práticos e desenvolver tecnologia; afinal, ninguém parou de usar aviões, antibióticos ou internet. Porém a ideia de que a ciência seria capaz de explicar tudo, de trazer respostas às maiores questões humanas, essa sim caiu em crescente descrédito. Os modelos físicos estavam fracassando retumbantemente em explicar por que isso tudo se passava. A ciência conseguia, com similar precisão à previsão climática, acertar as variações. Conseguia descrever e medir, mas não sabia de fato explicar a razão pela qual aquilo acontecia. Era como se a natureza, antes tão ansiosa por revelar seus mistérios, tivesse optado por manter esse segredo só para si. Essa variação bagunçou diversos modelos teóricos físicos; na imaginação popular se confirmou a velha tese de Shakespeare sobre mistérios entre céu e terra.

Muitos se voltaram a velhas e não mais antiquadas formas religiosas. Não, não

somente por conta da variação gravitacional, entenda-se. Era mais como um acúmulo de frustrações no clima cultural global que levou o pêndulo da confiança desmedida na ciência para outro lado. O interesse por religiões orientais aumentou, bem como um renovado movimento em direção às milenares tradições cristãs. A certeza crescente no coração de muitos era de que as coisas que julgávamos serem bastante certas e fixas não são tanto assim. As fontes em que confiávamos para nos dar respostas não são tão infalíveis. Talvez fosse hora de tentar olhar para cima novamente, em vez de somente ao redor. Desse movimento do coração, surgiu no casal o anseio por visitar o velho Oriente da humanidade.

Lancelote estava bastante empolgado com os planos de conhecer mais dessas culturas, flertar com sua religiosidade antiga, testar a culinária, conhecer pessoas

ao acaso nas ruas, perder-se pelas vielas e caminhos inesperados de lugares tão movimentados. Ela, por sua vez, estava mais interessada em sair das grandes cidades. Seu sonho seria conseguir chegar até o acampamento de base do Everest no Nepal. No mínimo queria tentar um passeio aéreo para ver o gigante ao longe. Nos últimos dois anos, ela desenvolvera grande amor pelo montanhismo, mas seus joelhos já não tinham mais a desenvoltura que tiveram em seus anos de ginástica olímpica. Foi um amor que começou tarde demais para ficar em algo mais do que a teoria e a vontade.

Chegaram em Doha no voo direto de Guarulhos, da Qatar Airways, e tinha muitas horas à toa no aeroporto antes de embarcar para Katmandu. Inscreveram-se em um *city tour* por Doha. Visitaram uma mesquita, o Souq Waqif, um lindo mercado

da cidade, viram edifícios maravilhosos e imensos que faziam os do Brasil parecerem projetos de calouros de arquitetura. Viram alguns dos grandes estádios da Copa de 2022. No mercado, compraram diversos badulaques e voltaram ao aeroporto ainda com dez horas de espera antes do voo para Katmandu. Tentaram acesso a uma sala VIP, sem sucesso. O gerente do banco havia garantido três vezes que com aquele cartão teriam acesso a muitas salas pelo mundo afora. Não se animaram a pagar pelo acesso, considerando que os gastos na viagem seriam muitos. Estavam bem financeiramente, mas nem tanto como no início do casamento. Conseguiam fazer uma viagem internacional a cada dois anos, mais ou menos. Resolveram ficar ali mesmo, enrolando no freeshop. O aeroporto parecia um grande e suntuoso shopping center. A seção de perfumes era imensa. Eles já estavam os

dois com os braços cheios de provas de perfumes, quando algo pareceu ativar uma velha lembrança em Lancelote.

"Mafer, não é esse perfume que você amava, o que você usava quando nos conhecemos?"

"Deixa eu ver. Não, esse é o que eu gostava quando a gente passou aqueles meses indo toda semana para Jundiaí... Foi um tempo bom, mas aquela época passou. O que eu gosto atualmente é esse Dior aqui. O da nossa lua de mel. Oitenta dólares pelo frasco de 50 ml. O que acha?"

"Acho que vale, mas vamos deixar para comprar na volta?"

Era uma desavença comum entre a dupla. Ele sempre preferia procurar um pouco mais para ver se achava o produto mais barato. Ela era mais do tipo que, se achou o que queria e o preço está razoável, melhor resolver logo.

"Já estamos aqui. Já achamos o perfume. Não sei se teremos tempo na volta. Vou comprar logo."

E assim passaram as horas. Entre garrafas de destilados, legos, chocolates suíços e eletrônicos diversos. Lancelote andava entre os relógios e pensava em como eles não andavam muito bem. Enquanto refletia, tomava uma espécie de suco detox (muito carregado no gengibre) que comprara em uma máquina, e deixava ela se entreter com os cosméticos da Lancôme.

Os gastos do casal estavam descontrolados, a realidade era essa. Amavam viajar, mas estavam já no ponto de estar usando um cartão de crédito para pagar o outro. Ainda assim, não paravam. Ele se ressentia do fato de que ela assim mesmo insistia nas viagens internacionais. Ela se ressentia de que ele queria cortar os gastos das viagens, mas não abandonava diversos hobbies tolos

que eram também bastante caros e, em sua maneira de ver, inúteis.

Lancelote nem percebeu quando um milionário do Qatar se virou de uma prateleira de celulares e trombou com ele. Só quando a mancha na roupa do catari cresceu foi que Lancelote viu que o suco detox estava começando a tingir de verde-escuro o tecido claro e caro. Um segurança que acompanhava o milionário rapidamente interveio e puxou o braço de Lancelote em um movimento não natural para suas articulações. Ele urrou de dor; logo havia uma pequena multidão se aglomerando para ver o que se passava. Lancelote tentava se desvencilhar e o milionário gritava com ele enquanto o guarda-costas o pressionava em direção ao chão. Logo chegou a força de segurança do aeroporto, mas não antes de Maria Fernanda disparar vários esguichos de *Good Girl* by Carolina Herrera nos olhos do guarda-costas e do milionário,

causando ardência tal, que levou seu marido a ser solto. Precisaram passar uma hora numa salinha reclusa do aeroporto para que tudo fosse esclarecido, semiperdoado e nada esquecido.

Ela comprou o perfume. De início, o incidente gerou muito aborrecimento. Depois começou a ficar uma lembrança divertida e dolorida. Por fim, só divertida mesmo.

Embarcaram para Katmandu; foram ainda mais dias mais agridoces do que haviam sido até ali. O ombro dele parou de doer no terceiro dia e, quando chegaram ao final da semana, o incidente era uma vaga lembrança. No aeroporto, na volta, ela comprou mais um frasco do mesmo perfume. Ele só riu, enquanto mentalmente fazia contas. Coisas aconteceram no Nepal. Vamos a elas.

## ‹7›
## [KTM] AEROPORTO INTERNACIONAL TRIBHUVAN, KATMANDU, NEPAL

*Vinte dias após o incidente em Doha. Temperatura: 19 °C. Altitude: 1338 m. Gravidade: 1.008.G.*

É um pouco decepcionante, para quem não sabia de antemão, mas na própria cidade de Katmandu a altitude não é lá grande coisa. Quando se está indo visitar o país conhecido como "o teto do mundo", alguns esperam já desembarcar e se ver em atitudes estonteantes, ficar sem ar e coisas assim. A realidade é que a cidade está cerca de 1400 metros acima do nível do mar, mais ou menos o mesmo que Brasília. A cidade fica em um vale e pode-se ver algumas montanhas de lá. A poluição e a

poeira do lugar, entretanto, não contribuem muito para belas vistas. É preciso sair da cidade para ter belos vislumbres do Himalaia.

Lancelote e Mafer tinham visto muita coisa interessante em Katmandu. Foram ao famoso templo dos macacos (Swayambhu Maha Chaitya), onde aprenderam alguns detalhes sobre budismo, mandalas e meditação. Na milenar praça Patan Durbar, riram da ridícula juventude de tudo no Brasil. Diante de edificações que estão no mesmo lugar há milênios, é curioso pensar como no Brasil edificações com meros cem ou duzentos anos são velharias. Passaram pela traumática experiência de conhecer o crematório público hinduísta. Ficaram solenemente intrigados com rituais de cremação, ao mesmo tempo que eviscerados com a fumaça que vinha dos corpos. Os turistas, bem como boa parte dos nepali, utilizam máscaras sobre nariz e boca

enquanto transitam pela cidade. A conjunção de poluição e poeira torna o ar bastante insalubre. Mafer, entretanto, se recusava a usar. O motorista que os levara riu com pena de Lancelote e seu enjoo a cada momento no trânsito infame e sem lei de Katmandu.

Perceberam como a vida pode ser incrivelmente similar e diferente em outros cantos do globo. Saíram da cidade por três dias para conhecer Pokhara e ver um pouco mais do interior do país. Voltaram maravilhados com os rinocerontes indianos que viram por lá. Que criaturas incrivelmente serelepes! Faltava, porém, a mais esperada de suas programações: ver o monte Evereste. A mais alta das montanhas do globo tem acesso dificílimo. Para meramente chegar até o acampamento-base da montanha, são muitos dias extenuantes de trilha. Mafer até chegou a investigar a possibilidade, mas seriam mais dias do que eles tinham

disponíveis, e o estado de saúde dos dois não era mais dos melhores. Descobriram, entretanto, que algumas empresas faziam um voo panorâmico saindo de Katmandu e sobrevoando algumas das mais famosas montanhas do mundo, como o Makalu, o Lhotse e, claro, o Evereste.

Foram logo cedo ao aeroporto. Erraram de terminal, indo parar no internacional, andaram em leve chuva para o terminal doméstico, desviando de dezenas de taxistas com seus carros aglutinados em pequenos enxames à espera de uma corrida. Passaram pela gentilmente risível segurança do aeroporto e se assentaram na sala de espera. Era um único salão. Dois portões de embarque acomodavam todos os passageiros de voos domésticos. Havia um placar eletrônico anunciando os voos, mas, antes da informação aparecer, já havia funcionários gritando no portão a cada voo. Além dos

voos para cidades do Nepal, havia informações sobre os Mountain Flights, os voos panorâmicos pelas montanhas, e elas não eram muito animadoras. Todos atrasados por causa do clima.

Um grupo de turistas alemães estava ansioso. Haviam tentado o passeio na véspera, e o avião retornou por causa do clima. Lancelote ficou preocupado com isso e passou um bom tempo conversando com os alemães. Era a única oportunidade que eles teriam de fazer esse voo – no final do dia já começariam o caminho de volta para casa. Mafer apenas pegou um chá e se sentou num banco de metal gelado ouvindo música com seus fones. A funcionária da Budha Air avisou que todos os voos estavam atrasados, pois o clima nas montanhas estava ruim. Ainda estava cedo para saber se seriam cancelados em definitivo ou se conseguiriam voar mais tarde.

Lancelote estava evitando um pouco o papo com Mafer, ainda chateado com o que julgou ser descaso dela para com uma caxemira caríssima que ele comprou no centro. Esse evento em si não fora tão importante assim, mas o acúmulo de pequenos desrespeitos estava incomodando. E lá estava ela isolada ouvindo música, ignorando o fato de que ele queria dividir a ansiedade com ela sobre a possibilidade de não conseguirem voar. Tentou puxar assunto, meio de má vontade, mas sabendo que precisava interagir. Era uma viagem para um maior descobrimento do ser e o aprofundamento da percepção. Que tipo de avanço ele teria se nem com sua mulher conseguia falar?

"Mafer, estou preocupado contigo. Você passou a viagem toda ouvindo sua *playlist* triste."

Ele disse isso gentilmente, achegando-se perto dela. Chegou a erguer a mão para

segurar a dela, mas a linguagem corporal de Mafer indicava o desejo de manter distância.

"Está tudo bem, só tristeza mesmo."

"É saudável ouvir tanta música triste, amor?"

Ela se ajeitou no banco e virou o celular para ele, mostrando o nome da *playlist*: "Hey Jude".

"Hey Jude. Esse é o nome da *playlist*, por causa da letra da canção dos Beatles. Pegue uma música triste e melhore-a. As músicas tristes, quando eu estou triste, me fazem bem."

Ele ficou quieto. Sabia que não adiantava muito discutir com ela. No passado, houve um tempo em que ela lhe dava ouvidos. Não mais. Aguentou somente três minutos quieto.

"Mesmo assim, eu acho que quando estamos tristes devemos ouvir músicas alegres."

"E quando então ouvir música triste? Amor, não se preocupe. Não precisa se in-

quietar quando eu estiver ouvindo música triste; é como eu faço quando estou desencorajada. E meu coração é ecoado pelas palavras dos outros, o que me ajuda. Também não precisa se preocupar quando eu estiver ouvindo minha *playlist* de música brava..."

"Aquela que vai de Metallica a Mumford?" Ela respondeu: "Sim, essa. Então, não se preocupe quando eu estiver ouvindo músicas tristes nem músicas bravas. Elas servem para expressar minha alma. Você precisa se preocupar, sim, quando eu não estiver no clima de ouvir música nenhuma."

"Não me lembro de te ver assim..."

"Você não presta tanta atenção quanto pensa."

Foi a vez dele de ir pegar um café.

Depois de quarenta minutos, o voo deles foi chamado. Um pequeno ônibus os levou até a aeronave. No avião, o clima era elétrico. Cada um recebeu um guia visual que ajudaria

a identificar as montanhas que talvez conseguissem avistar. Decolagem autorizada depois de um rápido taxiamento. Subiram em direção ao Himalaia. O tempo não parecia muito firme, mas tomaram o fato de que o voo saíra como um sinal de que as coisas iam bem.

Depois de meros vinte minutos de voo, já estavam ao lado da região do Evereste, mas, para enorme decepção de todos, as nuvens encobriam os gigantes. Um pequeno vislumbre do Makalu foi tudo o que conseguiram. Desde que a variação gravitacional começou, o clima já famosamente instável da região piorou. Aumentaram as fatalidades nas escaladas e os riscos associados a avalanches.

A decepção foi grande, mas parcialmente superada. Ao retornarem para a cidade, conseguiram ressarcimento do voo (havia garantia de avistar a montanha ou o dinheiro de volta). Saíram do aeroporto pela

cidade e foram até o Thamel, uma espécie de centro da cidade, com inúmeras lojas e restaurantes, alguns bem suspeitos, outros nem tanto. Tomaram um chá e refletiram sobre como a vida tem peso. As escolhas, as decisões que tomamos. Elas pesam. Elas determinam caminhos. Por vezes as escolhas do passado surgem como nuvens espessas que impedem de realizar o que o coração pede. Por vezes o peso dos caminhos não tomados pode ser paralisante. Pode ser que fique a sensação temível de que, se uma ou outra decisão tivesse ocorrido com um mero dia de distância, os olhos poderiam ter se refestelado com o que o coração desejava, em vez de tentar se contentar com o que se teve. O incômodo sentimento de que talvez nuvens tenham aparecido bem quando era muito importante ver com clareza dominava o coração dos dois muito mais do que ousavam admitir para si mesmos.

## ‹8›
# (BSB) AEROPORTO INTERNACIONAL JUSCELINO KUBITSCHEK, BRASÍLIA, BRASIL

*Um ano após Doha e Nepal. Temperatura: 25 °C.*
*Altitude: 1060 m. Gravidade: 1.006 G.*

Aquele era o pão de queijo mais caro que Lancelote já comera. E nem entraria nos top 10 no que dizia respeito à qualidade. Sim, ele tinha uma lista de top 10 pães de queijo, bem como de top 10 parmegianas, top 10 experiências cinematográficas e muitas outras listas similares. Mafer sequer se interessava em saber sobre elas.

Aquele pão de queijo por certo não se classificaria para nada muito memóravel. Mas

haveria de valer a pena, ao menos ele assim esperava. Seu humor estava péssimo. Chegando a São Paulo, onde estavam morando desde o início do ano, iria correr para o escritório, e a fome era grande àquela hora da manhã. Tinha de esperar ali no terminal sul do aeroporto por mais uma hora antes de voltar para casa depois do fim de semana no Distrito Federal. Tinha sido bom voltar à cidade onde passara a adolescência e boa parte da juventude, até se casar com Maria Fernanda.

O casamento do velho colega Eoin tinha sido uma sôfrega alternância de deleite e desespero. A parte boa foi a celebração após a cerimônia. Dança, reencontros com familiares, canapés e gente muito bem-vestida (e um irmão de Eoin vestido de *leprechaun*). Em particular, a bolinha de queijo com camarão estava imperdível. A parte difícil havia sido a cerimônia. Aquele pastor não entendia que o casamento não era a respeito dele, de seu

sermão gigantesco e de suas historinhas sem graça? Que coisa mais chata ouvir sobre a juventude dele em Uberlândia! Ao menos os votos foram espontâneos, como ele gostava de ver. Apesar disso, uma coisa que o pastor falou ficou na cabeça de Lancelote. Foi mais ou menos assim: "Enquanto vocês esperarem deste mundo mais do que ele pode oferecer, vocês só vão se frustrar. Mesmo nos melhores momentos, ainda haverá incompletude. Vocês precisam de algo que esteja acima do sol, para que o coração encontre real descanso. Sim, haverá momentos bons aqui. Seriam ainda melhores com um referencial mais elevado que pudesse ancorar tudo". Ficou pensando nisso. De fato, lá de cima tudo parece diferente. Claro, Lancelote entendia que ele estava falando de Deus, mas achava que devia valer para qualquer nova perspectiva. Talvez. Algo a se pensar.

O noivo tentara alguns trocadilhos e ao menos um deles foi certeiro. Seu portu-

guês estava cada vez melhor, sua tendência a divagar estava bem contida. Falou sinceramente, evocou Molly Malone, mencionou cerveja Guinness e muito mais num discurso tão confuso quanto inesquecível. A noiva se ateve à história de como se conheceram; os elogios ao jeito sincero do noivo pareceram um pouco exagerados.

Foi bom estar com a família na capital. Mas melhor ainda foi rever Estela. Nada aconteceu. Nada externo. Internamente coisas aconteceram e ele estava pensando na antiga namorada, a que veio logo antes de Mafer, enquanto punha a senha na máquina do cartão na Casa do Pão de Queijo. Como teria sido a vida se houvesse se casado com Estela? Não é que ele estivesse atraído pela antiga paixão. Era mais um senso de refletir sobre como a vida tem momentos-chave e é difícil não parar de vez em quando e imaginar como as coisas poderiam ter se desenrolado. Às vezes a vida

é como observar o painel eletrônico do aeroporto e se imaginar embarcando para cidades diferentes da listada no cartão de embarque. Já fazia tempo que ele sentia que Mafer não se interessava mais por ele. Fosse uma avaliação justa ou não, a sensação era essa. Apenas os projetos pessoais dela pareciam estar na sua mente. Só havia tempo para a sua crescente empresa. A recusa dela em ter filhos havia também se tornado uma ferida infectada.

Mafer nem mesmo fizera o esforço para estar com ele no casamento do colega que fora essencial para seu crescimento no emprego. Preferiu ficar em São Paulo ajudando uma amiga, a chata da Patrícia, num projeto maluco. Ele chegou a postar algumas imagens ao lado de Estela num almoço de reencontro da turma da sua quadra, com a intenção de causar algum ciuminho. Nada.

Lancelote estava realmente saturado. E uma senhora ao seu lado na sala de em-

barque parecia incapaz de controlar seu filho. O moleque de camisa do Fluminense estava conseguindo irritar todo o portão 9. Lancelote queria se sentar longe, mas precisava recarregar o celular na estação daquele totem logo ao lado da criança. A única disponível. Não podia chegar a São Paulo sem bateria. Por que essa mulher não botava limites nesse menino? Àquela altura, o moleque já comera castanhas carameladas, pipoca e cachorro-quente, e seguia pedindo mais. Crianças sempre foram assim?

Ele insistia em revisitar o pensamento: Mafer havia parado de se importar com os projetos dele. Ou, ainda pior, com os projetos dos dois. Até os já mencionados planos idiotas da amiga doida dela eram mais importantes que os seus sonhos. É claro que ela discordaria, e diria que não, que ele era o amor da vida dela e que nada havia mudado. Ou será que não diria? Sim, ela

tinha suas explicações. Ele estava cansado de insistir.

O menino derrubou o celular de Lancelote ao tentar pular entre os assentos. Um salto que obviamente daria errado, independentemente de a gravidade variar ou não. Ele respirou fundo e não disse nada. Recuperou o telefone. Película trincada, mas, pelo jeito, sem maiores danos. Abriu o telefone e reviu algumas fotos. Tentando soprar sobre as brasas. Ele precisava falar com Mafer. Fazia muito tempo que salas de embarque de aeroportos tinham um poder de concentrar sua mente e ajudá-lo a ver melhor a vida. Seus pensamentos dispersos eram afastados e, a atenção, atraída como que gravitacionalmente para as matérias mais densas da vida.

Ele escreveu uma mensagem, mesmo com a tela um pouco rachada depois da queda do aparelho. Ele estava afobado, com

um senso de que algo precisava ser feito logo. Queria enviar o recado antes de o voo partir. A mensagem saiu fácil e sincera.

[Maria Fernanda, acho que precisamos parar de fingir que está tudo bem. Eu sei que você anda cansada de mim; nem parece mais disposta a esconder isso. Não, não dissemos isso em voz alta. Como eu sei, então? Pequenas coisas. Lembra daquela música da Sinéad, em que ela diz que sabe que o cara não a ama mais porque ele não segura mais a mão dela quando o avião decola? Pequenas coisas. Você não reclama mais quando eu deixo a toalha espalhada. Você não liga mais se eu esqueço de avisar que vou atrasar. Parou de guardar doce para mim. Não cria um apelidinho mais para mim há muito tempo. Lembro quando era um por semana. Agora, não mais. Houve um tempo em que cada seriado novo que você descobria você vinha me contar e pedir para eu ver junto. Agora só assiste, e pronto.]

O coração apertou. Lembrou vividamente de como na semana anterior chegou em casa e ela estava assistindo a um seriado policial. Tentou falar com ela duas vezes, desistiu e foi tomar banho. A lembrança embrulhou seu estômago. Parou de escrever e foi tomar um café. Lembrou-se de quando eles, numa outra sala de espera, uma vez tomaram tanto café, que não conseguiram dormir no voo de volta de Atlanta para o Brasil. Lembrou que, no meio da noite, cabine silenciosa, ronco das turbinas embalando os passageiros, eles, com banco reclinado e já cansados do entretenimento de bordo, se puseram a conversar baixinho. A luz do luar entrava pela janela e ela parecia alguma espécie de aparição, um ser de outro mundo que veio visitar este. De um mundo mais belo e leve, um mundo onde as coisas não deram errado. Ali ele jurou amar para sempre aquela mulher.

Voltou a escrever, e o tom havia mudado. Ficou mais docinho.

[Apesar disso tudo, eu ainda amo você e quero ser seu. Eu creio que a gente tem como voltar a se amar como antes. Ou melhor, ainda mais que antes. Com tudo o que temos passado e com as dores que temos sofrido, ainda é contigo que eu sonho acordar todos os dias.]

Seus olhos encheram de água e seu coração de canto. Tomado de emoção, resolveu dar um passeio. Estava um tanto emotivo. Foi quando ele passou pela perfumaria e sentiu um aroma que vinha habitando o fundo de sua mente há alguns dias. Vinha-incomodando como um fiapo de carne preso entre os dentes da memória. Ao sentir o aroma, ele se lembrou de onde o sentira pela primeira vez. No dia em que Mafer voltou de uma viagem de trabalho. Ela foi viajar e ele lembrava bem que, na saída, estava usando seu amado *Black*

*Opium* de Yves Saint Laurent. Ao voltar, estava usando um novo e inédito. E só naquele momento no aeroporto de Brasília ele se atentou para isso. Sabia o que mudanças de perfume significavam para ela. A última troca tinha sido na viagem para o Nepal. Mas essa nova mudança não foi acompanhada de nenhuma explicação. Ele lembrou com um nó no coração de como ela sumiu nessa tal viagem de trabalho. Deu pouca notícia. Sumia e não respondia a seus contatos. Respondia vagamente. Isso o incomodou. E só ali ele percebeu o que mais o incomodara. Ela mudou o perfume. Ele não sabia o porquê.

Apagou a mensagem doce que escrevera. Escreveu outra mais breve, pedindo para conversarem a sério mais tarde quando ele chegasse. Ela nem respondeu.

Maria Fernanda era muito cabeça-dura. Sim, ele também era, e sabia disso. Ele não merecia ser tratado daquele jeito.

# ‹9›
# (CWB) AEROPORTO AFONSO PENA, SÃO JOSÉ DOS PINHAIS, PERTO DE CURITIBA, BRASIL

*Oito meses após a viagem dele para Brasília. Temperatura: 14 °C. Altitude: 911 m. Gravidade: 0.997 G.*

Lancelote tinha perdido o voo para Congonhas. Era a primeira vez que isso acontecia e estava mais bravo consigo mesmo do que com o trânsito, com a cidade, com a companhia de aluguel de carro que enrolou no processo de devolução. Ele sabia que bastava ter saído mais cedo do seu hotel no Batel. Ficou recordando de alguns momentos da manhã frustrante.

Saindo do quarto para o checkout no hotel, ocorreu uma cena que refletia bem seu estado. Estava sozinho no elevador mandando uma mensagem de áudio no celular. Entrou um homem. Lancelote ficou sem graça por não poder dar bom-dia. Assim que terminou o áudio, virou-se e disse "Bom dia". O homem, por sua vez, ficou sem graça e começou a se explicar, dizendo que não o saudou porque ele estava no telefone. Lancelote também ficou sem graça e explicou que não estava cobrando – só que, nisso, o elevador chegou ao andar e os deixou com a conversa suspensa e nunca resolvida. A vida parece ser uma sequência de encontros esquisitos. De desencontros e trombadas, de saudações desanimadas e despedidas inconsequentes.

A companhia aérea o reacomodou em um voo que sairia três horas depois. Não fazia sentido algum voltar à cidade; o jeito era esperar no aeroporto mesmo. Isso nunca

fora problema para Lancelote. Estava num café aguardando o relógio avançar, quando seu coração disparou. Maria Fernanda comprando um café. Ou melhor, alguém que de costas parecia muito com ela. Cabelo igual. Aqueles cachos ruivos que tanto o deleitaram ao longo dos anos. A mesma altura, postura muito parecida. Algo no jeito de segurar a bolsa enquanto de pé olhando vitrine. Era uma daquelas situações em que inicialmente a pessoa se parece muito, mas, quanto mais se olha, menos se parece. Aliás, tinha anos que Mafer havia passado a usar o cabelo mais curto, mas a memória afetiva o levou imediatamente a bons e a péssimos lugares. O sustinho virou tristeza. Era melhor não ter lembrado, embora nos últimos dias ele viesse fazendo isso mais do que o normal.

Havia lembrado da ex-esposa na véspera, passeando pelo parque Tanguá após um dia de reuniões. Olhando aquela vista belíssima,

sorriu com tristeza, pensando que eles tinham planejado conhecer Curitiba juntos e ela sempre falara de ver o pôr do sol naquele parque. Ele foi, ainda que sozinho. Foi primariamente porque estava curioso para conhecer o parque. Mas também porque queria ver como seria; queria imaginar estar ali com ela.

Enquanto estava lá, picolé de groselha na mão, fez algo que há tempos tinha parado de fazer, e foi olhar o Instagram da Maria Fernanda. Percorrendo as postagens dela, seu mundo desabou quando viu uma foto dela ali mesmo, no parque, junto a outro rapaz. Ela parecia feliz. O rapaz parecia ainda mais. A postagem era de dois meses antes. Ele ia publicar uma foto ali no parque. Havia até brincado com a ideia de enviar uma foto para ela, mas, agora, não mais. Terminou o picolé e foi para o hotel.

No aeroporto, ficava lembrando disso. Ele tinha um péssimo hábito que amava:

acariciar velhas más memórias. Sabia que era prejudicial ao estado de ânimo, mas não conseguia parar de trazer nuvens sobre o céu de seu coração. Lembrava frases e brigas, revisitava lembranças tristes. De vez em quando visitava as alegres também, mas elas pareciam menos vívidas. Ele costumava, sem nenhuma explicação, atribuir seus dias melancólicos à variação da gravidade. Dias de gravidade reduzida deixavam seu peito mais leve. Dias de gravidade ampliada pareciam pressioná-lo para baixo. Talvez houvesse mesmo alguma relação que a ciência não soubesse explicar. Mais provavelmente era dessas coisas que o coração inventa para se justificar.

Tentou flertar com uma curitibana no café da sala de embarque. A mulher até correspondeu, para a surpresa de Lancelote. Ele logo perdeu o interesse.

Começou o embarque do seu voo. De fato tem coisas que são assim. Foram boas enquanto duraram. Talvez tenham sido mais que boas: incomparáveis. Mas acabam. O coração pesa, mas o que se pode fazer?

# ‹ 10 ›
# (LHR) – AEROPORTO HEATHROW INTERNATIONAL, LONDRES, INGLATERRA

*Três anos após Curitiba. Temperatura: 7 °C.*
*Altitude: 25 m. Gravidade: 1 G.*

Lancelote estava rumando do Brasil para Edimburgo. Aceitou uma transferência de emprego para a Escócia e estava indo fazer o reconhecimento do terreno. Seu velho amigo Eoin tinha retornado para a Europa no ano anterior, a fim de chefiar a filial de Dublin, e havia ajudado a convencer a matriz a dar uma chance ao brasileiro. Lancelote estava quase decidido a se mudar, mas sentia que precisava pisar na Escócia antes de se com-

prometer. Queria ver se gostava de lá. Os países mais ao norte e sul do globo vinham experimentando variações gravitacionais um pouco mais intensas que os países tropicais. Ele gostava da ideia de viver por lá, mas estava preocupado com isso. Costumava sentir enjoo nos dias em que a flutuação ia do negativo para o positivo. Ou talvez fosse coisa da cabeça dele.

Queria checar se de fato seria capaz de lidar com o frio, a umidade e a neblina da cidade. A escala em Londres deveria ser rápida, mas o voo fora cancelado e ainda teria de esperar. Lembrou-se com tristeza de quando ficou em Atlanta esperando o voo no retorno de sua lua de mel com Maria Fernanda. Ela já vivia em Londres há dois anos, tendo se mudado pouco após a separação deles. Foi uma época melancólica e nada tranquila. Não houve infidelidade ou nada assim, apenas um afastamento gradual que os fez questionar o

porquê de estarem juntos. Palavras duras e impensadas. Arrependimentos nunca manifestados. Pedidos de perdão nunca apresentados e, assim, nunca aceitos. Como dizem por aí, o amor cobre uma multidão de ofensas. Muitas haviam sido cobertas; outras, todavia, tinham de ter sido tratadas e nunca foram.

Ele comprou um livro de espionagem do John Le Carré na W. H. Smith. Sentou-se com um *doppio* no café Nero, mas, ao abrir o romance, perdeu o ar com o perfume que sentiu. *Good Girl* by Carolina Herrera. O aroma o transportou a tempos felizes. Em menos de um segundo seu coração se encheu de algo que imitava a tranquilidade cheia de deleite que era estar nos braços de Mafer. Que saudades dela e de seu perfume marcante. Qual era esse mesmo? O da época do namoro? Ou da lua de mel? Voltou-se para ver quem seria a perfumada, e seus olhos viram o amor de sua vida. Inacreditável. Sim,

Maria Fernanda passara por ele. Ela andava apressada; ele se levantou e foi atrás.

Seria mesmo possível que fosse ela? Ou mais uma vez sua memória afetiva estaria enganando-o? Era ela mesmo. Incrivelmente.

Quando a alcançou, Fernanda estava mexendo nos perfumes no Duty Free. Ele se aproximou e confirmou pela segunda vez que era ela, sim. Mais magra, cabelo igualmente glorioso. Mudara o estilo, mas não o impacto da beleza singela.

"Esse é o Carolina Herrera que você ama?"

"Sorry, sir? Lancelote! Não acredito!"

Ele disparou a falar. "Oi, Mafer. Eu senti seu perfume passando perto de mim ali naquele café... Que coincidência nos encontrarmos no aeroporto em Londres! É claro que lembrei de você ao pousar aqui, mas nem em 1 milhão de anos achei que isso poderia acontecer!"

Ele mal conseguia parar de falar.

"Sim! Incrível! E como você está, querido?"

"Indo pra Escócia, Edimburgo. Estou para aceitar um emprego lá."

"Não brinca!", ela disse, puxando uma mecha de cabelo para o lado, de um jeito que o fez lembrar do Havaí.

"Pois é, é capaz de sermos vizinhos de país!"

"Eu acho que não... Estou indo ao Brasil para conversar sobre preparativos para casar. Está meio que marcado para dezembro. Nada superfirme ainda, mas é o plano. Vou passar o semestre por lá para preparar tudo."

Ele riu sem graça e sem conseguir disfarçar o desgosto. Falou a primeira coisa que veio à mente.

"Eu conheço o felizardo?"

"Não, você não o conhece. Aliás, queria que ele entendesse melhor o quanto ele é de fato um felizardo."

Lancelote percebeu a brecha e não conseguiu conter a pergunta:

"Está certa disso?"

"Não tanto quanto estava a teu respeito", disse, e surpreendeu-se com a própria franqueza.

"Bem, pelo que lembro, você sempre esteve superconvicta a meu respeito, então, mesmo sendo menos, ainda é muito. Espero que você seja feliz. Espero que ele seja menos difícil do que eu."

Meio minuto de silêncio desconfortável. Ela fitou seus olhos doces nele e disse:

"Sim... Escuta, tem algumas horas ainda antes do meu voo. Tenho conexão em Lisboa antes de ir pra Guarulhos. Quer tomar um Cozumel? Ou seja o que for que eles tomem aqui no aeroporto..."

"Desde que não seja cerveja quente", respondeu abrindo um sorriso esperançoso.

"Se vai morar nas ilhas britânicas, é

melhor aprender a gostar da cerveja. E não é quente, só não é essa coisa brasileira de estupidamente gelada."

A cabeça de Lancelote funcionava freneticamente, tentando entender o que se passava e buscando um caminho para agir. Ter revisto Maria Fernanda o fez perder qualquer dúvida. Ele a queria. Seria acaso terem se encontrado? Heathrow era o principal aeroporto de Londres, maior que Gatwick e London City. E era gigantesco. Como imaginar que poderia reencontrá-la ali? Como é a vida? Por um segundo não a teria visto. Se naquele dia ela usasse outro perfume, que não o da lua de mel, ele não teria se virado. Se um dos voos tivesse sido cancelado, se um norueguês gigante tivesse passado entre eles, se ele tivesse achado um voo mais barato para a véspera... Era estonteante pensar o que estava envolvido nesse singelo encontro ter ocorrido.

E agora? Como ela o veria? Parecia claro que ela já o tinha superado.

O que Mafer diria se soubesse que ele andava sonhando com ela? Que ele escreveu uma longa carta de pedido de perdão, mas que, por orgulho, nunca a enviou? Ela nem podia imaginar que aceitar sair do Brasil era em parte para recomeçar a vida, pois sem ela ele se sentia vazio há anos. Como faria para que Mafer entendesse que viver sem ela era como tentar viver numa terra de sombras, onde o sol não mais se levanta e apenas luzes artificiais nos ajudam a seguir? E lá estava diante dele o próprio sol em forma de mulher. Com casaquinho vermelho e puxando uma malinha em direção a algum lugar para beber com ele.

Em sua imaginação, Lancelote frequentemente voltava ao Havaí e aos dias que viveram lá. Era como um *happy place*, um refúgio mental para o qual ele ia quando

muito nervoso ou acuado. Não se esquecia da sensação de frescor sobre o corpo ardido de sol no ar-condicionado do hotel. A loção de aloe e vera, o vento frio. Ali ficou deitado enquanto a olhava secar os cabelos. Ela não percebeu seu olhar e adoravelmente conversava consigo mesma. Não conseguia ler seus lábios, mas de repente a viu sorrir para si mesma e se voltar para ele. O que ela estava falando? Ele nunca soube. Mas aquele sorriso foi a mais pura expressão de amor que ele jamais degustara. A melhor experiência de sua vida. Ele se sentiu amado e protegido de uma forma que nunca mais encontrou em nada ou ninguém. Todas as suas alegrias eram sombreadas por esse momento, todas as suas tristezas eram descontraídas por ele. Ele pensava com frequência que tinham enfrentado as durezas do casamento como quem vai à praia sem filtro solar. Como ele no Havaí. Muitas dores vieram da

teimosia de enfrentar o mundo sozinhos, sem algo para os proteger.

Acharam um pequeno pub no terminal. Pediram cerveja e comeram muito amendoim enquanto não chegava o prato principal, *fish 'n' chips*. Comeram com as mãos. Lembraram-se de viagens. Falaram um pouco sobre a imaturidade dos dois naqueles dias escuros após Brasília. Conversaram e, na segunda cerveja, já diziam como sentiam falta um do outro e como ansiavam por ter tido mais paciência, serenidade e brandura para lidar com as tempestades.

Ela não admitiu, mas o fato é que não queria se casar de novo. Não com aquele que era seu noivo. Com Lancelote, contudo, ela consideraria. Ainda mais essa versão amadurecida e um pouco grisalha dele. Ela não sabia o que dizer. À medida que a hora avançou, os corações se abriram e se derramaram como nunca tinham conseguido

antes. Pediram perdão por erros. Ele admitiu que foi teimoso e não foi compreensivo com o momento que ela vivia naqueles dias em que houve a ruptura. Ela reconheceu que nunca conseguiu ver o lado dele direito, a velha dificuldade dela de admitir erros. Prometeram manter contato. Ele ficou com coisas por dizer. E ela também. Ela mentalmente chegou a dizê-las, mas apagou as frases antes de as palavras florescerem nos lábios em forma de som. Ele mentalmente fez outro pedido, mas só mentalmente mesmo. Despediram-se com um abraço demorado. E ela foi para seu embarque. O dele seria pouco tempo depois. Ele estava certo de que, se ela o aceitasse, ele a teria de volta no mesmo instante.

Ele se sentou no portão de embarque. Abriu o aplicativo de mensagens, viu que ela estava online e mandou uma rápida saudação. Ela, no seu Boeing 737, começava a

taxiar. Embora os comissários já tivessem dado ordem para a entrada no modo avião, ela continuava conversando com ele por mensagem. Escreveu apressada:

[Eu não imaginava que te ver seria assim. Achava que só restava raiva pelo que você fez comigo. Por como você me tratou. Achava que você ainda morria de raiva de mim.]

[Minha raiva por você já sumiu há anos, Mafer. A raiva que a gente sente um pelo outro é que nem um perfume enjoativo. Incomoda mesmo, mas some. Já o amor que a gente teve é que nem uma tatuagem. Está sempre aí.]

Ela correu aquele pensamento pelo coração por alguns segundos antes de dizer:

[Preciso desligar.]

[Eu sei... mas espera.]

**Era o que ela queria.**

[Fala.]

> [Eu não tive coragem de falar e estou
> quase sem coragem de escrever.
> Eu amo você. Se não fosse esse
> inconveniente fato de você ter alguém,
> eu desistiria agora mesmo de Edimburgo
> e iria contigo para qualquer lugar.]

[Entendo. Obrigada por dizer isso.]

Ele ficou decepcionado. Esperava contra a esperança que talvez ela também sentisse como ele. O voo da TAP estava numa longa fila de aeronaves para a decolagem, o que permitiu que a conversa continuasse um pouco mais.

[Mafer, mais uma coisa. Lembra aquele primeiro dia em que a gravidade mudou? Aquele dia frustrante em que eu ia fazer o

pedido? Eu vou dizer algo estranho, que não faz sentido científico. Mas foi como se eu tivesse sido atraído para sua órbita de um jeito indelével.]

[Que nem um satélite?]

[Isso. Uma lua, para ser mais preciso. E desde então é como se eu não conseguisse brilhar sem que meu brilho aponte para você. Como a Lua faz com a Terra. É como se, nessa confusão toda que vivemos, a Terra estivesse ignorando a Lua. Eu brilho palidamente e sem direção.]

[Entendi...]

[E sempre penso em algo que ouvi uma vez num casamento, sobre amarrar as melhores coisas daqui num sentido superior, para que elas façam sentido. Em Deus ou algo assim. Quem sabe algumas coisas tivessem sido diferentes. Sabe, se a gente começasse outra vez, eu acho que a gente deveria verticalizar nosso amor, não só mantê-lo aqui embaixo.]

Ela não entendeu bem o que ele estava dizendo, mas gostou do que leu. Sem ele saber, Mafer havia decidido: ia entrar em contato com Lancelote assim que pousasse em Lisboa, chamando-o para nova conversa. Colocou o telefone em modo avião e lembrou-se de uma música gostosa que houve um tempo ela cantarolava para ele antes de dormir. Uma musiquinha de Anavitória, dupla cujo *show* foi a última apresentação artística que viram juntos. Reconectou o celular e cantarolou baixinho numa mensagem de áudio. Fez, mesmo meio envergonhada do passageiro ao lado e tentando evitar o olhar da comissária enfezada da TAP. Ela cantou, bem desafinadinha e amável. Sentia seu estômago pesar. E não, a gravidade não estava variando.

*"Se for ficar, fica de uma vez, não enrola*
*Porque enrolar é só dentro do abraço*
*E eu faço questão de ser no meu*

*Que cabe tu, e é só teu*
*Chego à noite em casa*
*Procurando por você em todo canto*
*O que é que tu fez*
*Pra deixar rastros nos meus móveis*
*E teu cheiro em cada canto?*
*Aquela canção que a gente ouviu na cama grudados*
*E aquele refrão que nos pôs pra dormir embaraçados*
*Ei, você, que se alojou nos meus olhos e na minha boca*
*Por que não tá aqui?"*

Errou um pouquinho da letra, perdeu o compasso no final da primeira parte, mas não havia tempo para regravar. Ela precisava agir antes de seu coração se eclipsar novamente.

Terminou de cantar e tentou enviar o arquivo de áudio – demorou, mas foi. Ela

torcia para que ele conseguisse ouvir antes do voo dele sair de Londres. Se não desse, logo ele ouviria em Edimburgo. Chegando a Lisboa, para sua escala rumo ao Brasil, ela talvez tivesse alguma resposta.

Será que ele entenderia que era o amor da vida dela, mesmo com todas as feridas? Será que ele seria orgulhoso e continuaria insistindo nos erros dela e deixando de ser feliz ao seu lado por causa de uma pequena fase? Ela, sinceramente, esperava que não. Heathrow foi ficando para trás. Mafer sabia que ali ao longe estava a Abadia de Westminster, onde eles um dia brincaram que teriam tido um casamento real mais lindo que os dos príncipes e princesas que já andaram por ali. Ela se lembrava do passeio no parque e do dia em que viram as cerejeiras em flor. Parecia ter sido uma vida inteira antes. Seria possível essa vida viver de novo?

Anos depois, lembrando desse dia, ela tentava com uma obstinação prazerosa lembrar o momento em que tudo se consolidou em seu coração. Nunca entendeu. O que ela sabia é que, ao entrar no avião, estava feliz com o reencontro e um pouco melancólica imaginando o que poderia ter sido. Não mais que isso. No momento da decolagem, estava plenamente convencida de que Lancelote era com quem devia estar – e mais: certa de que ia acontecer e não havia razão para resistir. Ela mandou o áudio, pois entendeu que estava pronta para se arriscar. Um sinal positivo e ela deixaria tudo, noivado ou o que fosse, para estar com ele.

Mafer imaginava que ele sorriria ao ouvi-la cantando. Foi bem mais que isso. Ele, ao ouvir, chorou e soluçou de deleite na frente do portão 29, rindo e se rendendo ao amor de sua vida. Ficou alternando, em seu celular, entre ouvi-la cantando repetidamente e

procurar uma passagem de última hora para Lisboa. Queria convidá-la para um bolinho de bacalhau com queijo de cabra e cerveja Sagres. Ele conhecia um lugar em frente à Praça do Comércio. Dava para ouvir o Tejo se movendo, rir das gaivotas pairando e dos turistas com olhar bobo brincando.

*"O que tu fez para deixar rastro nos meus móveis e teu cheiro em cada canto?"* Eles sempre cantaram errado aquele pedacinho. Dizendo "em cada canto" em vez de "quando canto". E dos dois jeitos fazia sentido. Tem músicas que a gente canta errado e fazem sentido para a gente. O fato é que ela sentia o cheiro dele. Não em cada canto, mas em um canto em especial. Sentia o cheiro dele toda vez que ela abria a porta e ia entrar em casa. E a ausência dele se fazia presente como alguém que se foi, mas que não saiu de verdade. Quase que uma assombração do bem, se é que existe tal coisa.

Já tinha um tempo ela havia parado com a mania de trocar de perfumes a cada nova fase. Percebeu que, na verdade, cada fase da vida era uma mistura das anteriores, com nuances e aromas compostos pelas coisas vividas e pelas possibilidades deixadas de lado.

Lancelote, por sua vez, pensou mais sobre aeroportos. Nos dias em que se é feliz, a sensação é a da expectativa que sentimos no aeroporto, próximos a um embarque promissor rumo às férias pelas quais ansiamos. Ou quando estamos voltando para os braços de alguém amado. Nos dias em que se é triste, a vida lembra a sensação melancólica de vagar sem rumo esperando um voo que atrasa e atrasa cada vez mais. No peito que se infla a cada pequena esperança de ver o painel eletrônico se atualizar, ficamos como apaixonados que sonham por um pequeno sinal de que o amor vai ser correspondido,

de que o voo vai sair. Seja para ver o Evereste ou para voltar para casa. Seja uma viagem de trabalho ou a lua de mel, o aeroporto serve como sala de espera para a vida que está se desenrolando.

Esperar contra a esperança, crendo que a hora de partir vai chegar. Se for possível, antes do embarque final, nos divertirmos e nos alegrarmos em alguns destinos temporários, melhor. Se não tivermos muitas dessas oportunidades, se a vida for primariamente um vagar pelo grande saguão olhando rostos cansados e roupas amarrotadas, vendo os fantasmas de quem por ali passou apressado ou perdido, imaginando casais sorrindo e lembrando amigos bebendo um pouco assustados antes do voo, ainda assim podemos ter algum alento. Se no meio de comida chinesa e mães desatentas nos vemos cansados, com costas ardendo e olhos fundos, ao menos saboreemos o fato

de que ali se tem vida, mesmo que não pareça ser uma vida com muita abundância. Tem vezes que isso é o melhor que poderemos almejar. Mas, sei lá, quem sabe não chega um dia uma mensagem de áudio que muda tudo? Essas coisas têm peso. Tem sim.

# AGRADECIMENTOS

Agradeço aos muitos apoiadores que tive ao longo do projeto. Agradeço aos leitores que sempre me encorajaram e desafiaram.

Agradeço a toda a equipe da Pilgrim e da Thomas Nelson Brasil: Leo Santiago, Samuel Coto, Guilherme Cordeiro, Guilherme Lorenzetti, Tércio Garofalo e muitos mais. À Ana Paula Nunes que me deu a ideia de lançar um ano de histórias. Ao Anderson Junqueira pelo belíssimo projeto gráfico. À Ana Miriã Nunes pelas capas e ilustrações maravilhosas. Ao Leonardo Galdino, à Eliana e à Sara pelas revisões. À Anelise e Débora que por

seu constante apoio fazem tudo ser mais fácil. Aos presbíteros e pastores da Igreja Presbiteriana Semear, por me apoiarem neste projeto.

Sempre há mais gente a agradecer do que a mente se lembra. Sempre um exercício prazeroso bem como doloroso.

Ao Marcelo Castro que me ajudou nas pronúncias irlandesas. Ao Dhruba Adhikari que me ajudou com as pronúncias nepalesas.

Agradeço aos que me ajudam a pensar sobre histórias e sobre viagens. Aos que alimentam minha *wanderlust*. Aos que já estiveram comigo em aeroportos pra cima e para baixo nesse mundão velho lindo.

# SOBRE O AUTOR

**EMILIO GAROFALO NETO** é pastor da Igreja Presbiteriana Semear, em Brasília (DF), e autor de *Isto é filtro solar: Eclesiastes e a vida debaixo do Sol* (Monergismo), *Redenção nos campos do Senhor: as boas-novas em Rute* (Monergismo), *Ester na casa da Pérsia: e a vida cristã no exílio secular* (Fiel), *Futebol é bom para o cristão: vestindo a camisa em honra a Deus* (Monergismo), além de numerosos artigos na área de teologia.

Emilio também é professor do Seminário Presbiteriano de Brasília e professor visitante em diversas instituições. Ele completou

seu PhD no Reformed Theological Seminary, em Jackson (EUA), e também é mestre em teologia pelo Greenville Presbyterian Theological Seminary e graduado em Comunicação Social/Jornalismo pela Universidade de Brasília.

Emilio ama aeroportos e sempre tenta chegar bem antes do voo para ficar curtindo o ambiente.

# OUÇA A SÉRIE *UM ANO DE HISTÓRIAS* NARRADA PELO PRÓPRIO AUTOR!

Na Pilgrim você encontra a série *Um ano de histórias* e mais de 7.000 **audiobooks**, **e-books**, **cursos**, **palestras**, **resumos** e **artigos** que vão equipar você na sua jornada cristã.

**Comece aqui**